Andy Suess
Geschichten & (Un)Sinn

AF190241

BoD
BOOKS on DEMAND

Da ist es nun. Mein erstes Buch. Eine stolze Leistung, wenn man bedenkt, dass ich das wirklich allererste in der Schule geschrieben habe. Ich war da in der fünften Klasse. Wie doch die Zeit vergeht. Es ist nichts davon mehr vorhanden, außer meiner Erinnerung an die Geschichten. Bedanken möchte ich mich hier bei allen Menschen, die mir im Laufe meines Lebens auf die ein oder andere Art begegnet sind und mir Inspiration, Kraft, Mut und Zuversicht gegeben haben. Vor allem aber bedanke ich mich bei meinen zwei wichtigsten Menschen: Bei meinem Sohn Philip und meiner besten Freundin Manu, die gleichzeitig die Mutter unseres Sohnes ist. Ohne Euch beide, wäre ich nicht da, wo ich bin. Und… Manu… entschuldige, dass ich Dich hier durch den Kakao ziehe… aber da musst Du durch, so als Ex-Frau ;)

ANDY SUESS
Geschichten & (Un)Sinn

Bibliografische Information der Deutschen Nationalbibliothek:
Die Deutsche Nationalbibliothek verzeichnet diese Publikation
in der Deutschen Nationalbibliografie
detaillierte bibliografische Daten sind im Internet über
http://dnb.dnb.de abrufbar

© 2018 Andy Suess
Originalausgabe
Cover: Andy Suess
Herstellung und Verlag: BoD – Books on Demand, Norderstedt
ISBN: 978-3-7460-6814-5

Das gibts hier im Buch

Die Geschichten und wahren Begebenheiten

Der poetische oder lyrische Teil

Der Blog

Der Abschluss

Die Geschichten und wahren Begebenheiten
Wahres oder (Un)Sinn

Der Wein und seine kleinen Unterschiede

Eigentlich bin ich Biertrinker. Wenn ich aber mal Wein trinke, dann gern den lieblichen, den Süßen. Erstens, weil er mir einfach besser schmeckt und zweitens, weil ich den meist alleine trinken kann. Scheint irgendwie verpönt zu sein, süß zu trinken. Außerdem ballert so ein lieblicher viel mehr in die Rübe.

Bei mir zumindest.

Trockene Wein sind mir zu, ja ein anderes Wort fällt mir gerade nicht ein, trocken.

Der Halbtrockene ist eher so ein „Na Gut" Wein. So einer von der Sorte, bei der die Trocken-Trinker auch mal ein Auge zudrücken und trotzdem mittrinken, wenn die Flasche eh schon geöffnet wurde und auch sonst kein anderer zur Verfügung steht.

Warum sie das tun ist mir noch nicht ganz klargeworden. Vielleicht, weil auf dem Etikett zumindest das Wort „Trocken" auftaucht.

Darüber aber eine Doktor Arbeit, oder wie man heute auch gern sagt Bachelor oder Master, zu verfassen, habe ich für mich persönlich in die Kategorie „Nicht empfehlenswert, da nur sehr geringe Erfolgsaussichten" eingeordnet und mich aus genau diesem Grund nicht näher damit beschäftigt. Es ist auch egal.

Es gibt Weine, die zwar ein Etikett besitzen, auf dem aber weder das Wort „Lieblich", noch „Trocken" oder gar „Halb" auftaucht.

„Halb" natürlich nur in Verbindung mit „Trocken".

„Halblieblich" ist mir noch nie begegnet.

Ein Missstand, den ich nicht unbedingt anprangere.

Man muss nur eine gewisse Intelligenz besitzen, das Wörtchen „Halbtrocken" im Hirn umzuformulieren.

„Halblieblich"... Blöde Idee.

Zurück zu den „Typenlosen". Der Begriff stellt den Sinn nicht ganz korrekt dar, denn nach einem Probeschlückchen lässt sich der Typ natürlich locker bestimmen. „Bezeichnungslos" passt hier eher.

Man hat also eine Flasche der Gattung „Bezeichnungslos", öffnet diese, meist, weil man keine andere zur Hand hat, und dann nimmt das Verhängnis seinen Lauf.

Ist man ein Trinker der Gattung „Lieblich", kann man mit „Lieblich" und „Halbtrocken" ganz gut umgehen. Der „Trockene" Typ kommt mit „Trocken", wie überraschend, und „Halbtrocken" auch klar.

Ist man zu zweit oder in geselliger Runde, stellt diese Konstellation kein Problem dar, denn öffnet Typ „Lieblich" eine Flasche „Ohne", also „Bezeichnungslos" und es befindet sich „Trocken" darin, kann man tauschen. Dasselbe gilt in umgekehrter Reihenfolge auch für Typ „Trocken".

Hat man gleich ein Sixpack gekauft, wobei hier die Biertrinker sicher aufschreien und sich, zu Recht, darüber beschweren, dass die Weintrinker damit in ihr Heiligtum eingreifen, so sei diesen gesagt, dass der Begriff „Sixpack" in Verbindung mit „Wein" nur eine Erfindung meinerseits darstellen und nicht in den allgemeinen Sprachgebrauch übergehen werden, aber zurück zum eigentlichen Thema.

Es handelt sich also um 6 Flaschen „Ohne". Aufschrift

und Typbestimmung auf dem Etikett nicht vorhanden wie schon vorher erläutert. Einer der Typen „Lieblich" oder „Trocken" geht also, man verzeihe mir das Wortspiel „Trocken" aus.

In diesem Moment aber braucht man sich auf jeden Fall über die allseits beliebte und ebenso gefürchtete Frage des „Wer fährt?" keine Gedanken mehr zu machen. Der leer ausgehende Trockene muss fahren.

Es kommt allerdings durchaus vor, dass sich gerade in Angesicht dieser so entscheidenden Frage, wer denn nun nüchtern bleibt und fährt, ein Typ „Lieblich" oder auch „Trocken" zum Genuss des Weines „Ohne" bzw. „Bezeichnungslos" hinreißen lässt.

Dies geschieht teils aus Trotz! Und wird begleitet durch Aussprüche wie „Ich bin letztes Mal schon gefahren" oder auch „Das macht ihr extra, damit ich wieder fahren muss". Im letzteren Fall wird dieser Satz als allgemeines Kampfsignal gewertet um eine Grundsatzdiskussion darüber zu entfachen, wer wann und wo, wieviel schon getrunken bzw. gefahren habe oder sei.

Das wollen wir aber nicht näher beleuchten, denn unser Thema ist ja Wein und seine kleinen Unterschiede. Wobei die Unterschiede schon hinreichend klar sind und es sich eher um die Unterschiede zwischen den Trinkern, Verzeihung, Konsumenten handelt.

Die interessanteste Betrachtung folgt nämlich jetzt: Was passiert, wenn man allein ist und sich einen Karton mit 6 Flaschen Wein des Typs „Bezeichnungslos" gekauft hat, weil er a) gerade im Sonderangebot war und b) man sich in die Hände Gottes begeben hat, weil man der Meinung war, mit Hilfe eines Gebetes den Typ des Weines auf jeden Fall in „Lieblich" zu wandeln?

Hat nicht Jesus damals auch lieblichen Wein getrunken? Stellen Sie diese Frage doch einmal in einem Gotteshaus.

Kurzer Einwand: Der Typ Trocken möge bitte an dieser Stelle „Lieblich" gegen „Trocken" tauschen, ich möchte hier niemanden mobben… ich schweife ab.

Die 6 Flaschen „Bezeichnungslos" stellen sich beim Öffnen der ersten Flasche also als „Trocken" heraus. Für den Trinker Typ „Trocken" adäquat als „Lieblich".

Was wird der Trinker von Welt tun?

Er wird, wie auch in meinem Falle geschehen, die 6 Flaschen trotzdem trinken.

Nicht, ohne theatralisch bei jedem Schluck das Gesicht zu verziehen und sich lautstark mit Geräuschen wie „Buah" oder „Örgs" darüber zu beschweren, wie unglaublich übel dieses Gebräu doch schmeckt und sich zu beklagen, dass man sein schönes Geld für den falschen Typ Wein ausgegeben hat und sich gleichzeitig schwört, nie wieder einen Wein ohne Bezeichnung zu kaufen, wobei dieser Vorsatz genau bis zum nächsten Sonderangebot anhält.

Dass man allein ist und niemand außer uns selbst davon Notiz nimmt, ist eher zweitrangig zu bewerten. Vielleicht hören ja die Nachbarn zu.

Nach der dritten Flasche in Folge nehmen Dinge ihren Lauf die, einmal losgetreten, nicht mehr aufzuhalten sind.

Neben dem obligatorischen Rendezvous mit der Kloschüssel nebst morgendlichem Aufwachen auf dem Küchenfußboden in Verbindung mit Kopfschmerzen, als wenn man sich 3 Tage in chinesischer Wasserfolter befunden habe, entstehen auch so unsägliche Dinge wie, in meinem Fall, dieser Text hier.

Dieser Ausflug in meine verklärte Welt, den Ihr hier lesen konntet, war mein allererster Versuch, einen Text für die Bühne zu schreiben. Allerdings habe ich ihn nie dort vorgetragen.

Es ist halt ein Text, den man selber lesen muss.

Hintergrund der Geschichte war eine Diskussion nach einem Auftritt innerhalb meiner ehemaligen Improtheatergruppe, warum man welchen Wein trinkt. Denn ich war so ziemlich der Einzige, der lieblichen Wein getrunken hat. Und bin es auch immer noch. Tja, that's life.

Open Stage Spezial

Es ist Dienstagabend, 20:30 Uhr. Im Theater Verlängertes Wohnzimmer findet die Open Stage, das „Offene Wohnzimmer" statt. Ich habe meinen ersten Bardienst. Dummerweise vergesse ich das und komme noch gerade so rechtzeitig.

Der Moderator, ein gewisser Christian de la Motte, empfängt mich freundlich mit den Worten: „SAG MAL WEISST DU EIGENTLICH WIE SPÄT WIR ES HABEN? JETZT ABER HOPP HOPP!"

Etwas eingeschüchtert mache ich mich ans Werk und Christian weist mir meine ersten, äußerst verantwortungsvollen Aufgaben zu: „Los, los! Scheißhaus putzen! Aber blitzeblank!"

Und so geht es den ganzen Abend munter weiter: „Boden saugen. Bier auffüllen. Meine Koffer tragen. Füße waschen... nicht Deine, MEINE!"

Der Mann ist ein Star.

Und dann kommen die Künstler, die Christian entweder mit „Mein bester, schön, dass Du wieder dabei bist." oder auch „Wer bist Du denn? Kunstmelker? Vergiss es, raus!" begrüßt.

Der Mann muss es wissen, ihm gebührt Respekt und alles nur im Sinne der Show.

Und endlich ist es so weit: Showtime!

Das Licht geht aus. Die Bühne ist dunkel und wird von waberndem Nebel eingehüllt. Fanfarenklänge hallen durch den Saal. Ein einzelner Lichtpunkt flammt auf. Die

Zuschauer erstarren in Ehrfurcht. Auch hinter der Bühne ist kein Geräusch mehr zu vernehmen. Die Spannung zerrt an den Nerven.

Und dann, endlich, nach einer gefühlten Ewigkeit erscheint **Er**!

Christian de la Motte! Der Große! Der Einzigartige!

Langsam und bedächtig schreitet er durch den Saal zur Bühne. Security halten kreischende Frauen zurück. Sanitäter tragen die Ohnmächtigen aus dem Saal. Ich komme mit dem Palmwedel kaum nach.

Eine Frau schafft es, sich durchzuschlagen und reißt sich mit den Worten: „Ich will ein Kind von Dir Meister" die Klamotten vom Leib.

Christian legt eine Hand auf den Kopf der Frau und schon wird sie von den heraneilenden Sicherheitsleuten aus dem Saal gebracht, ohne sich zu wehren.

Endlich steht er auf der Bühne und gebietet dem Pöbel mit einer milden, huldigenden Geste Einhalt. Alle warten nun gebannt auf den schon legendär gewordenen Satz, mit dem der Magus die Show beginnen wird: „Ja herzlich willkommen zur Open Stage im Theater Verlängertes Wohnzimmer…"

Der Rest geht im ohrenbetäubenden Jubel der feiernden Meute unter.

Es ist ein ekstatisches Fest. Keiner kann sich entziehen. Die Menge tanzt, jubelt, die Sanitäter und Security feiern mit. Auch ich kann mich nicht mehr entziehen und umarme alle und jeden.

Da … klingelt ein Handy!

Alle schreien auf und dann herrscht Grabesstille.

Wer erlaubt sich solch einen Frevel? Wer wagt es, die Feier zu Ehren des Meisters zu unterbrechen?

Es klingelt und klingelt und langsam verschwimmt alles vor meinen Augen…

Ich wühle mich aus meinem Bett und greife nach meinem Handy.

Es ist Bernd, der mich mit einem neutralen „Du weißt, dass Du heute Abend Bardienst hast?" schockiert zurücklässt.

Es ist Dienstagabend, 19:30 Uhr. Im Theater Verlängertes Wohnzimmer findet um 20:30 Uhr die Open Stage statt. Mein erster Bardienst und ich habe verschlafen, komme aber gerade so noch rechtzeitig.

Der Moderator, ein gewisser Christian de la Motte, empfängt mich freundlich mit den Worten „Hallo Andy, ich bin Christian, schön, dass Du da bist."

Die Show beginnt. Christian hält das Publikum und die Künstler mit Witz und Charme bei Laune. Alle sind zufrieden und nach einem schönen Abend spenden alle reichlich … Applaus!

Das war vor 3 Jahren und zum Glück war alles vor dem Handyanruf nur ein Traum.

Heute steht **Er** zum letzten Mal als Moderator der Open Stage, des Offenen Wohnzimmers auf der Bühne dieses Theaters.

Der weiße, alte Mann, der sich nuschelnd und bisweilen auch mit Hundekacke am Schuh durch die Moderation mogelte, übergibt die Kult-Open Stage an eine jüngere

Generation. An Eva Wunderbar.

Lieber Christian, ich werde unsere Wortgefechte vermissen, die wir uns bei jedem Aufeinandertreffen geliefert haben … aber es gibt ja Telefon und Email.

Und jetzt komm bitte hinter der Bühne vor, denn ich habe noch etwas zu sagen:

<Theatersachen>

Danke für alles, alter Mann, mach's gut und danke für den vielen Fisch!

Ein Text, geschrieben für den Magier Christian de la Motte, der jahrelang in meinem Stammtheater die Offene Bühne moderiert und geleitet hat.

Wir haben uns immer wieder gegenseitig die Hölle heiß gemacht und uns Beleidigungen oder blöde Sprüche an den Kopf geworfen. Aber alles freundschaftlich. Und so war es nur logisch, dass ich einen extra Text für seinen letzten Abend geschrieben habe.

Und dieses „<Theatersachen>" Dings hatte den Hintergrund, dass ich, als Marketing Vorstand des Theaters, auserwählt wurde, Christian offiziell im Namen des Theaters zu verabschieden. Ist also für dieses Buch hier völlig nebensächliches Zeug. Außerdem hatte sein Abgang dann eh alles andere in den Hintergrund treten lassen... Respekt, weißer, alter Mann! #nackigistnichtwahr

Kiezgeschichten Teil 1

In dem Bezirk, in dem ich wohne oder „dem Kiez", passieren Dinge, die sich zwar unglaublich anhören aber wirklich so passiert sind.

Ich schreibe die Geschichten, die ich dort erlebe auf, ohne diese zu verändern oder sie dramaturgisch aufzubauschen. Sie haben sich tatsächlich so zugetragen.

Und wer's immer noch nicht glauben mag, dem sag ich nur: Marzahn-Hellersdorf. Damit dürfte der Berliner überzeugt sein.

Einmal ist folgendes passiert: In der Wohnung unter mir gibt es immer wieder mal eine, nun sie würden es wohl Aufruhr nennen, die Mieter nennen es „Party". Diese haben, ich bin es gewöhnt, eine Steigerungskurve von „Hallo", über „Feiern" zu „Jetzt gibt's auf die Schnauze".

Denn mit zunehmender Dauer der Festivität kippt die Stimmung jedes Mal um. Ich kann mich drauf verlassen und so stehe ich erwartungsvoll auf dem Balkon … verstehen Sie mich nicht falsch, ich bin kein Spanner, aber ich rauche und das auf dem Balkon und die Lautstärke unter mir reicht eh durchs ganze Haus, nur nicht so deutlich.

Also, ich stehe auf dem Balkon und höre folgendes Telefonat mit:

„Ja, Poli …" Stellen Sie Sich die folgenden Zitate bitte mit hysterisch besoffener Stimme vor. Das gilt natürlich nur für diejenigen, die diesen Text jetzt nicht live oder auf CD hören können.

„Ja, Polizei! Hier ist <Biep> … der ist auf mich los … mit'm Messer … hier ist alles voll Blut … ja, ich … ja in meine

Hand ... ich verblute ... kommen sie schnell ... die Adresse? Warum? ... Achso, ja die lautet <Biep> ..."

Nach einiger Zeit kommt auch wirklich ein Einsatzwagen vorbei und die Beamten gehen auf die Eingangstür zu. Dummerweise liegt der Haupteingang hinten und dass können die Herren Polizisten nicht wissen. Da stehen sie also suchend und ratlos herum.

In dem Moment packt es mich und ich rufe ein fröhliches „Zur Messerstecherei? Bitte hinten herum." hinunter.

Ich und meine große Klappe.

„Haben sie uns angerufen?" tönt es mir von unten entgegen.

Sehe ich blutüberströmt und am Rande des Todes aus? möchte ich antworten. Aber etwas hält mich zurück und daher sage ich nur: „Nein, das Blut finden sie unter mir."

„Machen sie uns bitte auf? Wie ist denn ihr Name?"

Verdammt, so schnell ist man mittendrin, statt nur dabei.

Tja und mehr kann ich nicht darüber schreiben, denn es wurde dann sehr still in der Wohnung unter mir und nach diesem Vorfall hat es auch nie wieder eine Party dort gegeben. Ganz davon ab, dass die Mieter inzwischen ausgezogen sind.

Eine andere Geschichte, die ich mitbekam, klingt ebenfalls unwahrscheinlich, aber auch diese ist wahr.

Es geht um ein Päärchen schon fortgesetzten Alters, welches sich, beide stark alkoholisiert, nicht einig werden konnte, ob sie jetzt Sex auf offener Straße praktizieren möchten, lieber noch ein Bier trinken oder stehenbleiben wollen.

Ich spann Sie gar nicht lange auf die Folter: Es kam nicht zu geschlechtlichen Kontakten der Beiden. Der Geist war wohl willig, spielte ihm aber einen bösen Streich, denn das Fleisch war mehr als schwach.

Ohnehin war er nicht mal in der Lage, Möglichkeit drei, das stehenbleiben durchzuführen. Wie hätte er da Auswahl eins durchhalten sollen?

Gut, versucht hat er es. Es sollte wohl eine Art Annäherung an das Weibchen stattfinden, die Umarmung schlug aber gründlich fehl und die arme Hecke, die seinen Sturz nur geringfügig bremste, wurde dadurch stark in Mitleidenschaft gezogen.

Schlussendlich entschieden sich die Beiden für Möglichkeit vier, das nach Hause gehen, wobei hier für ihn noch eine Challenge darin bestand, so viele Hecken, Laternenmasten und andere Hindernisse wie nur möglich zu umarmen oder vor diesen niederzuknien.

Diese bestand er allerdings mit Auszeichnung.

Zum Schluss dieses ersten Teils möchte ich eine Begebenheit einen Hauseingang weiter erwähnen.

Ich stehe einmal wieder auf dem Balkon um eine Zigarette zu rauchen und bemerke eine kleine Feier auf einem anderen Balkon.

Nach 1 Stunde rauche ich wieder und vernehme, dass die Feier sich in eine hitzige Diskussion verwandelt hat. Dass ist nichts Neues und kommt gerade dort häufiger vor.

Neu ist allerdings der Gartenstuhl, der sich selbstständig auf den Weg Richtung Straße macht und auf der Terrasse eines anderen Mieters zum Halten kommt.

Aus dem Ausruf „Hast du sie noch alle?" entnehme ich, dass auch die Diskussionsteilnehmer über den plötzlichen Höhenflug des Gartenmöbels erstaunt sind.

Leider scheint nun eine Pause einzutreten und ich bekomme nichts mehr mit. Also gehe ich zurück in die Wohnung, welche ich aber in dem Moment mit dringendem Rauchbedarf verlasse, als ich lautes Geschrei vernehme und finde folgende Situation vor:

Drei Polizeieinsatzwagen stehen mit Blaulicht auf der Straße. Sechs Beamte stehen teils ratlos, teils mit den Diskussionsteilnehmern redend herum. In einem der Wagen sitzt eine Frau, die in diesem Moment aus Leibeskräften „Hilfe! Polizei! Hilfe!" schreit.

Die Beamten schauen irritiert. Ich schaue irritiert. Alle anderen Bewohner an den Fenstern der umliegenden Häuserfront schauen irritiert.

Keiner weiß Bescheid um was es geht, aber alle haben Spaß an dem nun folgenden Monolog der Dame im Einsatzwagen:

Hysterisch schreiend: „Hilfe! Hilfe! Polizei!", weinerlich leise: „Bitte, ich tu doch keinem was…" und einen Sekundenbruchteil später keifend: „Ihr Scheiß Bullen, lasst mich raus oder ich schlag Euch um!"

Das Ganze läuft in einer Endlosschleife und wird lediglich durch das vereinzelt in den Wagen gerufene „Jetzt sind sie bitte ruhig!" eines Einsatzbeamten unterbrochen.

Endgültig beendet wird die Szene, als die Dame im Wagen anfängt, eben diesen von innen mit Fäusten und Fußtritten zu bearbeiten.

Die unflätigen Ausdrücke des Beamten, der die Tür auf- reißt und der Frau die Ungehörigkeit ihres Benehmens darzulegen versucht, möchte ich hier nicht wiedergeben.

Polizisten scheinen manchmal auch nur Menschen zu sein.

Wird fortgesetzt

Es hört sich alles so unglaublich an... oder besser gesagt, liest sich unglaub- lich... aber die ganzen Sachen haben sich tatsächlich so zugetragen. Direkt vor dem Haus, in dem ich wohne.

Einige mögen nun sagen: Ja klar, Neukölln oder Wedding... Eingeweihte wis- sen aber, wenn ich Berlin, Marzahn, Hellersdorf erwähne, ist das im Grunde genau das gleiche... nur nicht ganz so bekannt... und wesentlich gefährlicher.

Ich koche gerne

Ich liebe es, mir stundenlang im Internet Rezepte heraus zu suchen und diese auszuprobieren. In Gedanken jedenfalls.

Wenn ich dann aber doch mal eines davon zubereiten will, dann achte ich darauf, Rezepte der Schwierigkeitsstufe „Einfach" zu nehmen. Das aber auch nur, weil es die Stufe „Koch-Volldepp" nicht gibt.

Vor einiger Zeit habe ich Hackbraten machen wollen. Ist ja sehr einfach: Gehacktes oder Mett oder wie wir in Berlin sagen „Hackepeter" mit Zwiebeln, Ei, Semmelbrösel und Gewürzen zusammen manschen und ab in den Backofen. Fertig.

Da ich meine Ex-Frau zum Essen eingeladen habe und dieser beweisen möchte, dass ich eben doch nicht „zu blöde zum einfachen Wasserkochen" bin, habe ich mir ein „Schweinefilet in Speck – Brät – Blätterteig" herausgesucht. Cooler Name. Kann Beeindrucken.

Schwierigkeitsstufe „Simpel". Kommt meiner eigenen Definition von „Volldepp" also schon recht nahe und macht auf dem Foto einen guten Eindruck, daher: Das nehm' wa!

Arbeitszeit 30 Minuten, Backzeit 1,5 Stunden.

Von einer Vorbereitungszeit von 4 Stunden stand da nichts. Und das finde ich wirklich sehr bedauerlich, wenn ich ehrlich bin.

Ich stellte mir das Ganze, trotz einer doch nicht unerheblichen Zutatenliste, aber immer noch einfach vor. Bis ich auf die Angabe „500 g Brät" stieß. Keine Ahnung, was das sein soll. Hier wird der ein oder andere einwerfen wollen:

„Ja Mensch, das ist das Hack!." Ne, ist es nicht.

Ich bin ja nicht doof, also das Internet bemüht und nach „Brät" gesucht.

Aha, man kann das wohl beim Schlachter oder Fleischer kaufen.

Die Vorstellung, an der Theke zu stehen und laut zu sagen: „Guten Tag. Ich hätte gern 500 g Brät.", während um mich herum eine Horde, mich mitleidenswert ansehender Hausfrauen herumsteht, und deren Blick sagt: Aha, ein Koch-Volldepp, ließ mich erschauern.

Spreche ich das überhaupt richtig aus? Langgezogen „Brääät" oder doch eher „Brätt"?

Und wieder kam mir ein Internet-Tip zu Hilfe: Eine Grobe Bratwurst von der Pelle befreien und schon hat man Brät. Prima, das mach ich so. Erspart mir zumindest die Thekenbestellungspeinlichkeit.

Ich bin ein Mann und halte mich immer so eng wie möglich an das Rezept. Angaben wie „etwas", „ein wenig" und „kurze Zeit" verwirren mich. Ich brauche präzise Angaben. „15 Esslöffel Salz" oder „3 Minuten und 20 Sekunden", ja, damit kann ich etwas anfangen.

„Blätterteig ausbreiten und in der Mitte den Speck auslegen," lese ich, „Essiggurken und das ausgekühlte Paprika-Champignon Gemisch (von Hand auspressen) sehr gut unter das Brät mischen. Verteilen und verstreichen. Spinat von Hand auspressen, auf der Brätmasse verteilen, das Filet darauflegen und einpacken."

Kann nicht so schwierig sein.

Eine Randbemerkung macht mich aber stutzig: „Achten

sie darauf, dass die Masse schön um das Filet verteilt ist."

Schön? Was meinen die mit „Schön"? Für mich besteht die Hauptsache darin, **dass** ich es überhaupt einpacken **kann**.

Der Blätterteig muss vorher eingelegt werden. Das stand nirgends. Auch das dieser verdammte Teig wie blöde zusammen pappt und abreißt und überhaupt... hat man mir nicht gesagt.

Das Zeuchs will nicht halten, geht dauernd wieder auf, die Masse quillt über und ich überlege schon, ob ich doch zum Dönerschuppen gehe und baue mir Ausreden auf wie „Der Strom ist ausgefallen", „Der Backofen ist kaputt" oder „Wieso? Mettbrötchen isst man doch auch roh!"

Nach zwei Stunden habe ich es dann doch schweißgebadet geschafft, das Schweinefilet mit dem ganzen Krams „einzupacken" und es sieht aus wie ein DHL Paket, welches der Fahrer in seinem Laster vergessen hat und am Abend noch schnell von der Rampe hat fallen lassen, während sein Kollege mit dem Gabelstapler ein- oder auch zweimal drüberfahren durfte.

Jetzt in den Backofen damit und 1 Stunde und 15 Minuten (laut Rezept) backen.

Ich stelle mir den Timer.

Nach 1 Stunde und exakt 47,3 Minuten ist der „Braten" wirklich fertig.

Meine Ex-Frau erscheint. Ihre Bemerkung „Wir können auch Döner essen, macht mir nix aus," hätte sie sich auch sparen können.

Ich versuche das „Schweinefilet in Speck – Brät – Blätterteig" zu zerschneiden. Schön in Scheiben, wie auf dem

Foto.

Als ich damit fertig bin, gleicht die Schnittmenge auch wirklich einem Foto. Allerdings dem von Dresden 1945.

Schmecken tut es zum Glück nicht. Ich meine, es schmeckt nicht wie Dresden 45. Viel Soße drüber, dann sieht man die Trümmer nicht so.

Entgegen meiner Befürchtung kann ich wirklich Eindruck schinden und nehme mir daher vor, an Weihnachten zum ersten Mal in meinem Leben eine Ganz zuzubereiten. Kann ja nicht so schwierig sein…

Ach bitte. Ich und nicht kochen können, pfft.

Ich war schon immer recht experimentierfreudig und habe öfters mal gekocht. Gut, nicht immer mit dem gleichen Resultat (ich erinnere mich hier an eine „Lasagne", die ich machen wollte und am Ende nur noch ein „ungewürztes Hack mit Sahnesoße OHNE die verdammten Lasagneblätter" wurde).

Ich halte mich aber wirklich immer so genau wie möglich an die Rezepte anderer. Und ja, mich verwirren wirklich Angaben wie „eine Prise Salz". Aber dafür bin ich ein Mann und darf das einfach. Ich wollte nie die Kochkarriere einschlagen und ein Jamie Oliver werden… hätte das auch nicht geschafft. Ach und… die Gans hatte eine knusprige Honig-Aprikosen Kruste, lag einen ganzen Tag in einer Rotweinsoße und hat wunderbar geschmeckt.

Abwaschen liegt mir nicht

Wenn ich zu Hause koche, dann kommt es immer darauf an, was ich esse und wie meine Küche danach aussieht.

Normalerweise vermeide ich es, allzu viele Speisen zu zubereiten, damit ich wenig Besteck und Geschirr nutze und der Abwasch leichter von der Hand geht. Denn wir müssen der Tatsache ins Auge sehen: Abwasch muss sein. Später. Irgendwann.

Und dieses „Irgendwann" brennt sich bei mir ein. Jeder Teller, jedes Glas, Besteck usw. lege ich mit den Worten Das muss nicht gleich…" zunächst einmal auf der Spüle ab.

Ein Braten mit Beilagen lassen noch eine Pfanne, natürlich mit dem enthaltenen Öl darin, sowie zwei Töpfe dazu kommen.

Schon nach kurzer Zeit sieht es aus, als wenn ich ein Lager für Altgeschirr aufbaue. Dann kommt noch dies und das dazu und irgendwann ist der Punkt des „Das ist ganz schön viel, ich müsste mal abwaschen!" erreicht.

Aber halt, da gibt es doch noch wichtigeres zu tun: Eine Email schreiben, im Internet recherchieren und so weiter. Und dann ist es natürlich zu spät um noch abzuwaschen.

Nach einiger Zeit beginnen die Speisenreste und sonstige Hinterlassenschaften, sich zu verbinden, gründen neue Kulturen die sich eine Heimat aufbauen.

Grüner Wucherdschungel, abschätzig auch Schimmel genannt, bildet dazu ein recht schönes Ökosystem.

Da sich Besuch angekündigt hat, muss der Abwasch nun

aber doch gemacht werden. Das ist klar. Aber auch dafür habe ich mittlerweile eine Lösung entwickelt: Unter die Spüle damit. Er verschwindet aus dem Blickfeld und die Küche sieht aufgeräumt aus.

Das kann man natürlich nicht ewig fortführen, denn sobald sich die Kulturen, auf der Suche nach einem neuen Betätigungsfeld, von allein aufmachen die Welt zu erobern, spätestens dann mache auch ich mich auf um dem Spuk ein Ende zu bereiten.

Außerdem habe ich keine Teller, Gläser und Besteck mehr.

Ich statte mich also als Ein-Mann Kampfarmee mit den besten Waffen aus, die ich aufzubieten habe: Spülmittel, Lappen und für hartnäckige Reste auch gern den Scheuerschwamm aus echtem Armeedraht.

Auf der Spüle steht gar nicht so viel rum... ach ja, unter der Spüle.

Ich öffne die Türen und in dem Moment kommt mir zunächst einmal eine Horde kleiner Fruchtfliegen entgegen, die mit einem gejubelten „Wir sind frei" munter in meiner Wohnung herumschwirren und sich freudestrahlend ein High-Five in die Händchen klatschen. Darum kümmere ich mich später!

Ich finde Menschen, die mit Gummihandschuhen abwaschen, normalerweise irgendwie albern. In Angesicht des sich unter der Spüle befindlichen, ja man kann es schon Geschirrklumpen nennen, greife auch ich zu Handschuhen. Aber, als echter Mann, nehme ich die guten Bauarbeiterhandschuhe. Da dürfte nichts durchgehen.

Und wieder keimt in mir die Idee auf, doch einmal einen dieser Strahlenschutzanzüge zu kaufen, die man im Homeshopping bekommen kann. Für Gelegenheiten wie diese sicher sehr hilfreich.

Das Spülwasser ist bereits eingelassen und als erstes werden die Gläser versenkt.

Mir stößt der beißende Geruch irgendwie auf, der sich jetzt entwickelt.

Lösung: Ich binde mir ein nasses Handtuch vor die Nase.

Nach den Gläsern sind die Teller dran. Diese lassen sich zunächst nicht voneinander lösen, aber nach zwei Stunden Einweichen im Spülwasser ist auch dieses Problem erledigt.

Ich lasse das ehemalige Spülwasser aber jetzt ab, da es sich in eine dickflüssige Masse verwandelt hat und „Abwasch" damit dem Wort nicht mehr gerecht werden würde.

Der Rest, also Pfannen, Töpfe, Besteck und restlicher Kram wird in frisches Wasser eingelegt.

Genau in dem Moment fällt mir ein, dass sich in der Pfanne ja Öl befunden hat und nun alles mit einem tollen Fettfilm überdeckt ist.

Also: Wasser wieder ablassen, Wasser erneuern und mit dem Armeedrahtschwamm einfach so lange daran herumkratzen, bis es sauber aussieht.

Die Beschichtung der Pfanne löst sich dabei auf. Finde ich sowieso neumodischen Kram, ging früher auch ohne.

Nach gewonnener, heldenhafter Geschirr-Schlacht ist die Ordnung in der Küche wiederhergestellt und ich besetze als Triumphator meinen zurückeroberten Thron.

Abtrocknen muss man übrigens nicht, Wasser verdunstet

schließlich irgendwann.

Ich gehe ins Wohnzimmer um meinen Sieg mit einem Humpen Met, Weib und Gesang zu feiern … in Ermangelung von gleich drei Bestandteilen dieser epischen Schlachtzeremonie nehme ich einfach ein Bier aus dem Kühlschrank mit.

Dort wird allerdings schon gefeiert und ich stehe der von mir vergessenen Fruchtfliegen Horde gegenüber.

Die nächste Schlacht wartet.

Ich hasse Abwaschen. Hab das noch nie gern getan. Abtrocknen, okay, ja… aber abwaschen… ich verstehe nie, wie ich es immer wieder schaffe, als Single Mann einen Abwaschberg zu produzieren, der schon Himalaya Ausmaße annimmt.

Gut, eine Vermutung habe ich dann doch: Ich lasse wahrscheinlich zu lange mein Geschirr einfach so rumstehen.

Wozu auch wegräumen? Mich besucht ja eh kaum jemand.

Das ist aber eine andere Geschichte.

Speeddating

Ich habe einen guten Freund. Klaus.

Dieser will mich wieder „an die Frau" bringen.

Er selbst ist glühender Verfechter eines Events, dass man „Speeddating" nennt. Wer es nicht kennt: Männer sitzen Frauen gegenüber und Frauen entsprechend den Männern.

Man hat 7-8 Minuten Zeit sich zu unterhalten.

Dann rückt man weiter, bis jeder Mann mit jeder Frau gesprochen hat. Danach entscheidet sich, wer mit wem und ob überhaupt oder eben nicht.

8 Minuten? In Gedanken sehe ich mich in einer schlechten Werbesendung im TV, lasse mich synchronisieren und höre solche Sätze aus meinen Mund wie „Das ist ja AMAZING!" in Momenten in denen ich in Wahrheit ein gelangweiltes „Hm." von mir gegeben habe.

Klaus lässt nicht locker: „Speeddating! Nix besseres!" höre ich immer wieder von ihm, was er mit einem Kussmund und entsprechendem Schmatzgeräusch untermalt.

Ich lasse mich dann doch überreden. Gut, etwas neugierig bin ich schon, wie viele schöne, schlanke, rassige Frauen dort wohl nur auf mich warten.

Ich überlege schon, ob ich sie überhaupt alle schaffe?

Na komm, ist doch klar, dass alle nur mich wollen.

Ich zahle meinen „Unkostenbeitrag" und reihe mich in der Schlange der „Ich krieg nie eine ab." Männerriege ein.

Ich mustere meine „Konkurrenz" und stelle fest, dass mir hier keine Gefahr droht und ich als Alpha Wolf gelten werde. Ein wenig Mitleid kommt in mir auf, aber das hier ist Krieg. Da gibt es keine Gefangenen.

Ich sitze der ersten Frau gegenüber. Mein Jagdinstinkt hält sich bei diesem Anblick stark in Grenzen und gelangweilt höre ich dem nicht enden wollenden Schwall mir entgegen geschleuderter Wortfetzen zu. Gelegentlich lass ich ein „Das ist ja AMAZING!" fallen.

„Und du so?" stellt sie die entscheidende Frage.

Ich bin vorbereitet. In nächtelangen Sitzungen habe ich einen Kurztext erarbeitet, diesen einstudiert und ich bin in der Lage, diesen innerhalb von 4 Minuten zielgerichtet vorzutragen und damit das Weibchen gefügig zu machen.

Mein Mund öffnet sich … da ertönt der Gong. Verdammt!

Die Frauen wechseln die Plätze. Mir gegenüber sitzt nun eine Vertreterin der Marke „Alles Punk, ey".

Wir schweigen uns an.

Aus den Augenwinkeln sehe ich einen Typ Mitte 30 mit Nickelbrille, der nun Miss Redefluss gegenübersitzt. Ich grinse hämisch und mache ein verächtliches Zeichen in seine Richtung. Er ignoriert es.

Wieder der Gong.

„Ey, war echt cool mit Dir, mal keiner der einem 'nen Text vorbetet und so… haste vielleicht noch 'n Euro?"

Ich bin verwirrt, greife in die Tasche und schiebe ihr tatsächlich eine Münze über den Tisch.

Wieder der bekannte Plätzetausch.

Ich sehe auf und bin überrascht. Das könnte mein Typ sein. Schön, schlank, rassig! Mein Jagdinstinkt erwacht und ich will zu meiner „Du wirst dahinschmelzen Baby" Rede ansetzen, aber sie ist schneller: „Mein Name ist Ulrike, ich bin 36 Jahre alt und ich muss Dir gleich sagen, dass ich dreimal geschieden bin und vier Kinder habe. Zwei sind im Heim weil mein Betreuer meinte das ist besser so. Ich geh aber dreimal die Woche zur Therapie und in einen Kochkurs."

In Gedanken umfasse ich die Kehle von Klaus, drücke zu und brülle dabei: „Höre ich noch **einmal** Speeddating, **NOCH EINMAL!**"

Wo ist der verdammte Gong? Ich kann ihn auch selber bedienen.

Nachdem ich nun in die tiefen psychologischen Probleme von Ulrike eingetaucht bin, ist wieder Plätzetausch und so weiter. Wieder eine andere Frau. Und diese setzt auch sofort an: „Das wir uns gleich klar verstehen: Ich schätze es nicht, wenn in meiner Gegenwart geraucht, getrunken, gegessen, geatmet wird oder sonstige ungebührliche Geräusche entstehen, während ich rede."

Ich unterdrücke den Impuls, aufzuspringen, einen Arm auszustrecken und „Jawohl mein Führer!" zu rufen.

„Ich bin Deutschlehrerin und als solche bestehe ich auf gepflegte und korrekte Konversation. Bitte schildern sie mir nun den Grund ihres Erscheinens und warum gerade **sie mich** überzeugen könnten!"

Was stand doch gleich in meiner Rede? Mein Geist ist leer und ich bringe nur noch ein „Wir stehen kurz vor Stalingrad!" hervor, was mir missbilligende Blicke der gesamten Runde einbringt außer bei meinem weiblichen Gegenüber, die noch ein „Irgendwann holen wir uns alles wieder zuröck!" hinterherschiebt.

Die nächste und letzte Frau. Mein auf dem Tisch liegender Kopf möchte sich nicht erheben. Alles in mir rebelliert und schreit mich an, den Laden sofort und ohne Rücksicht auf Verluste zu verlassen. Mühsam dränge ich die Panik zurück.

Ich beuge mich kurz vor, um die Nickelbrille zu checken. Diese grinst mich höhnisch an und zeigt mir den Daumen hoch. Ich werde unsicher, schaue nun auf und sehe mich einem Berg von Frau gegenüber.

„Ich bin Olga", sagt sie mit einem gebrochenen Akzent, „und ich habe den anderen schon gesagt, dass **du** heute Abend **meine** Beute sein wirst."

Ich schreie auf und will in Panik den Saal verlassen, doch ich habe nicht mit der Geschwindigkeit von Olga gerechnet. Zudem hat mir die Nickelbrille auch noch den Weg versperrt.

„Schätzchen", sagt sie und hebt mich mühelos auf ihre Schulter, „Du bist mein! Ich nehme Dich mit!" Und damit stapft sie mit mir aus dem Saal.

Mein letzter Blick fällt auf die Gesichter der anderen Speeddating Teilnehmer. Das Gelächter der Männer hallt mir nach. Die Nickelbrille winkt. Das ist das letzte, was ich wahrnehme, dann wird es Schwarz vor meinen Augen und eine gnädige Ohnmacht umfängt mich.

Am nächsten Morgen befinde ich mich irgendwo in irgendeiner Wohnung in Berlin. Zum Glück kann ich mich an nichts mehr erinnern.

Wasserrauschen. Der Olga Golem scheint zu duschen.

Ich schleiche mich aus der Wohnung. Dann betrete ich einen Baumarkt, suche mir aus dem Sortiment einen handlichen Holzbalken heraus und treibe noch mitten im Laden ein paar große Nägel hinein.

Danach mache mich auf den Weg zu Klaus, um mich mit ihm noch einmal über das Thema „Speeddating" zu unterhalten.

Nein, ich war noch nie beim Speeddating. Auch eine „Fisch sucht Fahrrad" Party habe ich nie besucht (ist auch irgendwie albern, der Vergleich... was soll ein Fisch mit einem Fahrrad?). Aber ich hatte einen Freund, der wirklich ständig davon angefangen hat und da auch irgendwie seine neue Liebe gefunden hat. Vielleicht sollte ich ja doch mal... aber... ich habe Angst vor Olga...

Außerdem gibt es Dating-Portale. Die sind mit weniger Kraftaufwand zu bewältigen. Mit weniger unsinnigem Geschwafel im Normalfall aber nicht. Aber darüber vielleicht mehr an anderer Stelle.

Ein Arschloch beim Einkaufen

Ich gehe ständig einkaufen. Meistens suche ich mir Tage heraus, an denen die Märkte so richtig schön voll sind. Feiertage wie Weihnachten, Ostern usw. sind da am besten geeignet, weil wissenschaftlich bewiesen ist, dass **nach** den Feiertagen eine akute Lebensmittelknappheit herrscht und es **nichts**, aber auch **gar nichts** mehr am nächsten Tag zu kaufen gibt weshalb **alle**, aber auch **wirklich alle** genau an **einem** Tag einkaufen müssen.

Und wenn alle an einem Tag losmüssen, füge ich mich dem Herdentrieb entsprechend in das Gefüge ein.

Mit einem kleinen Unterschied: Ich bin so ein richtiges Arschloch beim Einkaufen.

Das äußert sich am Anfang noch recht gemäßigt, wenn ich mit meinem Wagen durch die Gänge schlendere und immer genau dann an einem Regal stehen bleibe, wenn ich hinter mir die Drängler bemerke.

Diese sind daran zu erkennen, dass sie so schnell wie möglich und vor allem: **Vor allen anderen** an die Regale müssen, um so schnell wie es geht, wieder aus dem Markt zu kommen.

Überholmanöver dieser Einkaufspezies bremse ich allerdings durch lockeres Schlenkern meines Einkaufwagens nach links oder rechts aus, um genau dann, wenn der Drängler sich zum endgültigen Rammen meines Wagens entschließt den Weg frei zu machen und den Drängler in das Regal krachen zu lassen.

Herrlich.

Da ich vorbereitet bin, habe ich mein Smartphone eh schon

in der Hand und spiele es sofort auf meinen YouTube Kanal: „Vollidioten im Regal"

Eltern mit schreienden, immer kreuz und quer herumhüpfenden Kindern sind auch so eine Spezies.

Auf einer belebten Straße in Berlin würden die Kleinen mit solch einem Verhalten vermutlich nicht fünf Sekunden überleben, aber in einem Kaufhaus kann man ja nicht so einfach die Blagen überfahren.

Mit einem Einkaufswagen erreiche ich einfach nicht die gewünschte Geschwindigkeit, um bleibenden Schaden bei den Rotzgören zu hinterlassen.

Bei Rentnern ist das etwas anderes. Hier kann man mit lockerem, aber doch gut dosiertem Druck schon den ein oder anderen Rollator-König aus dem Weg schubsen.

Macht sich am besten bei den Gemüseständen in denen Oma Hilde oder Opa Horst meist in den Tomaten wieder auftaucht.

Aber zurück zu den „Ich verbiete doch meinem Kind nicht im überfüllten Supermarkt Verkehrspolizist zu spielen" Eltern.

Irgendwann werden diese sich schon fragen, wo sich denn ihr Sprössling eigentlich aufhält, der sich nach dem Zusammentreffen mit mir in einer Kühltruhe wiederfindet. Verschlossen versteht sich.

Einen Spaß mache ich mir auch gerne daraus, ein mitgebrachtes Pornoheft in der Sportzeitung oder dem Aktienmagazin eines unachtsamen Kunden zu deponieren, der so naiv war, seinen Wagen für 10 Sekunden aus den Augen zu lassen, während ich hinter ihm herging.

Besonders gern tue ich das übrigens bei offensichtlich frisch verliebten Paaren, die knutschend genau vor dem Regal stehen bleiben, an das **ich** ran will.

Ich freue mich immer, wenn sich dann ein „Ach du mein Mausebärchen" in ein „Du bist so ein perverses Dreckschwein" verwandelt.

Kosmetikguckerinnen mag ich auch.

Gefühlte zwei Stunden stand eine Frau vor dem Regal mit Kosmetikartikeln und schaute sich jede Flasche, jede Tube, jedes Döschen genau an. Zweimal. Dreimal.

Ich verbrachte auch zwei Stunden vor den Schönheitsartikeln. Neben ihr, sie beobachtend, offensichtlich und auffällig... die Panik war ihr anzusehen, ich konnte die Angst förmlich riechen...

Ich beuge mich zu ihr hinüber und flüstere dann in ihr Ohr: „Ich weiß wo Du wohnst."

Schreiend lässt sie den Einkaufswagen stehen und ist in Sekundenschnelle aus dem Laden verschwunden.

Ein Probierstand. Wunderbar.

Gerne nehme ich mir eines der dargebotenen Testprodukte, wobei es hier völlig unerheblich ist, ob es sich um Marmelade, Wurst oder sonst was handelt.

Annehmen, hineinbeißen und... anfangen nach Luft zu schnappen, wild mit den Armen rudern, einen Erstickungsanfall vortäuschen, auf den Boden werfen... wenn man etwas geübter ist, kann man sich auch gern übergeben... und dann, nachdem der Produkttestscherge hinter dem kleinen Ständchen fassungslos zusammengebrochen ist, aufstehen und mit den Worten „Ja, gar nicht mal so übel." lächelnd davongehen.

An den Kassen wird es noch einmal so richtig lustig… für mich.

Es sind natürlich nur drei von 20 Kassen geöffnet.

Alle sind gereizt und dass nutze ich aus.

Ich benötige für diesen Trick die Kassen mit zwei Reihen links und rechts. Nach der anderen Seite greifen und in einem unbeobachteten Moment den Wagen neben mir mit voller Wucht in die Hacken seines Vordermannes rammen. Dann den Besitzer des missbrauchten Einkaufswagens vorwurfsvoll ansehen und „Also das muss doch nicht sein" sagen.

Der gerammte Vordermann dreht sich natürlich um und scheuert dem Drängler eine, dieser versteht zwar die Welt nicht, knallt aber eine zurück.

In wenigen Minuten ist eine Massenschlägerei im Gange, an der sich auch Opa Horst beteiligt, der von den Eltern des völligen unterkühlten „Kevin Justin" verprügelt wird, weil ich ihnen im Vertrauen mitteilte, dass ich den alten, pädophilen Sack beobachtet habe, wie er das völlig verstörte Kind in die Kühltruhe setzte. Dabei hätte der Junge um sich geschlagen und gebissen, das blutige Hemd ist doch wohl Beweis genug!

Das wiederrum führt dazu, dass Oma Hilde abfällige Bemerkungen mit Bezug auf deutsche Vergangenheit und dem Satz „Unter dem Führer hätte es das nicht gegeben." von sich gibt, was wiederrum Aiche, also ich glaube zumindest, dass es Aiche ist, denn außer den Augen sieht man ja nix unter dieser Burka, auf den Plan ruft, die sich mit einem Kampfschrei auf Omma wirft.

Hinzu kommen nun Gunter, mit Glatze, Springerstiefeln und Bomberjacke, Lutz, seines Zeichens Antifa-Aufnäherträger, zwei bis drei Fußball Hooligans, ein paar Schaulustige und irgendwo erkenne ich auch den Regalrammer.

Das Pärchen beschäftigt sich prügelnderweise mit sich selbst, sie das Pornoheft als Waffe nutzend.

Das Marktpersonal versucht den Mob zu trennen, was allerdings die Kunden an den anderen Kassen auf den Plan ruft, die zwar keine Ahnung haben, worum es geht, aber einfach mal mitmischen.

Ich packe in der Zeit seelenruhig meinen Einkauf auf das Laufband, gehe zur Kasse vor und sage, nachdem ich Waren im Wert von 347,73 € bezahlen soll, dass ich dummerweise mein Geld vergessen habe.

Der Nervenzusammenbruch der Kassiererin ist der Höhepunkt der gelungenen Veranstaltung und ich verlasse den Supermarkt, der gerade von einem Sondereinsatzkommando gestürmt wird.

Einkaufen macht echt Spaß!

Ja und wie... Natürlich schubse ich keine Rentner in die Tomaten oder setze Kinder in die Kühltruhe. Aber der Gedanke kommt oft auf. Zeit lasse ich mir aber trotzdem gerne.

Ein Liebesbrief

Ich habe neulich einer Frau einen Liebesbrief geschrieben.

Es ist ja so, dass ich oft allein zu Hause sitze nach getaner Arbeit. Jetzt werden sich einige fragen: Ist das Arbeit?

Ja, denn bevor ich auf der Bühne stehe und das ganze vortrage, muss ich den Text ja erst einmal ausdenken, schreiben, korrigieren, immer auch optimieren und dann natürlich betont probelesen.

Aber nach dem Auftritt habe ich Feierabend.

Und wie ein „*normal*" Arbeitender, genehmige ich mir auch gern ein oder sechs Feierabendbierchen.

Und in diesem Zustand seliger Berauschtheit, kam ich auf die Idee, meiner Angebeteten einen Liebesbrief zu schreiben. Ich bin schließlich Autor, da werde ich doch wohl den Prosatext schlechthin formulieren können.

Ich habe den Brief auch abgeschickt, erntete daraufhin aber eine Reaktion, mit der ich in dieser Form nicht unbedingt gerechnet hatte.

Ich bekam ihn zurück. Und zwar mit Wucht und einem klatschenden Geräusch direkt in die Fresse!

Und ich möchte jetzt mit Euch darüber diskutieren, welchen Anlass zum Ärger ich der Dame wohl gegeben haben könnte.

Daher lese ich den Brief jetzt vor, denn diese geniale schöpferische Meisterleistung meinerseits möchte ich nicht in der Schublade versauern lassen.

räusper

Meine über alles geliebte
Textfeld Fehler: Name hier einsetzen.

Dieses ist ein Liebesbrief,
den ich heute für Dich schrief.

Das klingt nicht nur, das ist auch schief,
weil ich mich so sehr nach dir sehne,

dass ich selber mich jetzt wähne
in Deinen Armen, die so dick

nicht sind, wie sie aussehen.

Wir kennen uns schon sehr sehr lange,
ganz lange,
weiß nicht genau wie lange,
aber es ist schon sehr lange.

Länger darf's nicht werden. Sonst wäre es zu lange.
Da würd' es mir dann Angst und Bange.

Ich werde dieses hier nun schreiben,
denn wenn ich das nicht tue,
dann muss ich speiben.

Speiben ist bayrische Sprache und bedeutet Kotze.
Das führt mich zu Deiner süßen... Falte.

Die, die Du an Deiner linken Backe hast.
Da wo Dich die Wespe gestochen hat,

als ich versuchte, sie von Dir wegzuscheuchen.
Ja, da kann Dir schon mal ein Fluch entfleuchen.

Dich zu beschreiben ist mir fast unmöglich,
denn nichts kann Dich besteigen,
das wäre sonst tödlich.

Ich versuch es aber trotzdem mal,
denn sonst wäre das ne Qual,

für mich es nicht zu versuchen,
Dein Gesicht das gleicht einem Kuchen.

Mit Streusel, denn den find ich lecker,
gemacht von einem Bäckermeister
aus Zuckerguss und ganz viel Kleister.

Deine Augen gleichen Orangen, wie Deine Haut
Jetzt hab' ich mir den Satz verbaut.
Aber hier ist ja keiner der mich haut.

Augen, so groß und hell wie Safi… Saf…
Diamanten,
die aus gepresster Kohle sinn
und mich erinnern an Dein Doppelkinn.

Zum Glück hast Du ja zwei davon, denn wenn eins nicht
mehr da ist, kann ich das andere noch lieben und Dein
Gewicht ein bisschen verschieben.

Deine Beine, sie erinnern mich an
den Bagger vor meinem Fenster,
doch um diese Zeit? Ich sehe wohl Gespenster.

Deine Haare, sie sind wie Lametta auf einem
Weihnachtsbaum der zu dieser Jahreszeit
einsam auf den Straßen schweigt.

Und zeugt von der Vergänglichkeit,
Menschenskind Du siehst aus,
als wär's bei Dir auch bald soweit.

Natürlich sprech' ich auch über Deine
großen Knödel,

die Du gern an Sonntag machst,
dass ich mich übergeben hab,

lag nicht an Dir, sondern dem Papp,
der mir schwer im Magen lag.

Hatte am Tag zuvor Bohnen gegessen
und das zu erwähnen einfach vergessen.

Dein großer Mund mit vollen Lippen,
die ständig nur am Weißwein nippen.

Der kann reden, reden, reden,
ich bewundre das,
ohne Pausen das macht Spaß,

dir zuzuhören
um dann wie ein Hirsch zu röhren
wenn Du einen Witz gemacht,
doch, ganz ehrlich, meistens hab' ich nicht gelacht.

Und in dem Mund sind Deine Zähne,
gut, dass ich sie noch erwähne,
sehen sie doch aus wie die Sonne,
die gelblich strahlt, ach welche Wonne.

Doch lass mich Dir noch sagen,
dass ich Dir stelle keine Fragen

mehr, ob wir heute noch zusammen
den Hausmeister foppen
oder einfach nur gemeinsam shoppen.

Ich beende den Brief nun und weiß genau,
Du bleibst sicher eine einsame Frau,

die sucht den richtigen Deckel,
doch bei mir im Haus habe ich keinen.

Es fehlen die drei Worte noch,
die man am Ende sagt und doch
bringe ich sie frei heraus:

Das war ein Graus.

Das waren jetzt vier, doch Korinthenkackerei
war selten nie Dein Ding,
deswegen ist's jetzt vorbei,

mit meinem Schreiben, dem Reimen dem halben,
ich hoffe Du wirst heute nicht kalben.

Vielleicht ist mancher Reim nicht ganz gelungen,
doch habe ich es mir verdungen,
ja ich weiß das ist kein Wort,
es ist eins für den stillen Ort
und jetzt muss ich leider fort.

Ins Reich der Träume, ich nehm' dich mit,
und denk dabei an Deinen Schritt,

den Du neben mir so gehst,
und mir dabei den Kopf verdrehst.

Manche sagen es sieht nach würgen aus,
doch so hässlich bist Du nicht,
dass Bröckchen kämen raus.

Dein Dich liebender Ausnahmefehler.

Ich stehe nach der Veranstaltung für Diskussionen an der
Bar bereit.

*Ich stelle mir gerade vor, diesen Brief wirklich abgeschickt zu haben. Vielleicht
wäre es ja doch etwas geworden? Nein? Meint Ihr nicht? Na dann... Ihr habt
wahrscheinlich recht.*

Single Bewerbung

Als Single-Mann auf der Suche nach einem weiblichen Begleiter für den Rest des Lebens oder zumindest für ein paar nette, abwechslungsreiche Sunden zu zweit, hat man es nicht leicht.

Da wäre zunächst das Jagdrevier, welches zu erschließen gilt. Hier ist oft schon der grimmig dreinschauende Oberförster das erste Hindernis, der einen an der Tür mit den Worten: „Wat? Alleene? Ne ick gloob, dit wird heut nüscht!" den Eingang verwehrt.

Sollte es aber doch irgendwann einmal mit dem Einlass klappen und man hat sich irgendwie so durchgemogelt, muss **Mann** in der Lage sein, sich den Gepflogenheiten anzupassen und gewissen körperlichen Anstrengungen gegenüber nicht abgeneigt sein, welches Weibchen im allgemeinen mit dem Oberbegriff „Tanzen" bezeichnen.

Auch muss ein stetiger Getränkefluss gewährleistet sein, um das Weibchen bei Laune zu halten bzw. gefügig zu machen oder, wenn es eher suboptimal läuft, sich eben dieses schön zu saufen.

Ich habe für diesen Stress nichts über und daher einen Bewerbungsbogen entworfen, welchen ich an den Bars auslege. Wie auch heute hier.

Wenn ihr also Interesse habt, mit mir eine Zweisamkeit einzugehen oder einfach nur die bereits vorab erwähnten abwechslungsreichen Stunden … ja, ich spreche von Stunden, nicht Minuten! So schnell mach ich nicht schlapp *räusper*

Also einfach den Bewerbungsbogen ausfüllen. Ich sammle diesen dann später ein und gehe ins Auswahlverfahren.

Ein paar kurze Erläuterungen möchte ich vorab geben, damit es nicht zu Missverständnissen kommt. Ihr braucht nicht mitzuschreiben, auf der Rückseite des Bogens sind diese nachzulesen.

Der Bewerber muss in jedem Fall der Gattung „Weiblich" angehören. Kerle, warme Kerle und Personen der Gattung „Ich bin beides" können sich die Mühe sparen. Da bin ich einfach nicht liberal genug.

Die Altersobergrenze liegt bei den Bewerbern auf Kilometerstein 40. Die Untergrenze ist individuell verhandelbar und kann bei Bedarf in Einzelgesprächen korrigiert werden.

Ü40 Ausnahmen sind gesondert möglich und können durch das hervorheben gewisser fraulicher Merkmale und Reize begünstigt werden, wobei ich hier betonend das **HERVOR**heben meine und nicht das, um den natürlichen Gesetzen der Schwerkraft zu trotzen, **EMPOR**heben. #schleifenmussnichtsein

Körperliche Mängel wie Gebiss, Holzbein, Schwabbel-Po etc. sind, und das versteht sich von selbst, in der „Keine Chance" Kategorie einzuordnen.

Fotomaterial kann auf jeden Fall beigelegt werden, aber man möge bedenken: Ihr wollt mich beeindrucken, nicht verstört zurücklassen. Bikinifotos sind nicht zwingend erforderlich, ihr könnt diesen auch weglassen.

Die Gewichtsangabe ist akribisch genau auszufüllen. Ich habe schon eine recht geräumige Wohnung und brauch keinen Nachbau des Zirkuszeltes von Roncalli aus einem eurer Schlüpper.

Zum Verständnis: Die Felder „Französisch", „Griechisch", „Spanisch" usw. haben wenig bis gar nichts mit euren

Fremdsprachenkenntnissen zu tun, sondern … ihr solltet wissen, was ich meine!

Bitte nach dem Schulnotensystem bewerten. 6 bedeutet so viel wie „Hä? Was ist das denn?" und 1 dementsprechend „Ich besorgs dir so wie keine andere!" was dann die „Ding Ding Ding! Das sagten auch 286 Kerle vor mir!" Topantwort wäre.

Die Oberweiteneinheit sollte in geeigneter Form zum Rest des Körpers stehen. Hier bitte keine Körbchengrößen verwenden, woher soll ich als Mann die auch zu definieren wissen?

Es reicht: „Nix, klein, normal, groß, Ach Du Scheiße!".

Ihr könnt euch aber auch kreativ austoben, wobei ich die Angabe „Seit wann habe ich Titten?" eher als negativ bewerte.

Erschlagen müsst ihr mich aber auch nicht mit den Dingern. #monstermöpse

Die Dezibel bzw. Phonzahlangabe ist nur ein Anhaltspunkt für den Auswertenden, also mich. Gebt einfach Eure geschätzte Lautstärke bei körperlicher Betätigung ein, der echte Wert wird beim Vorstellungsgespräch mit modernsten Mechaniken gemessen.

Wenn ihr eine Phonzahl angebt, die ein Metallica Konzert als Kindergeburtstag erscheinen lässt, müsst ihr die Kosten für den eventuellen Einsatz eines Anti-Terror Kommandos (vor allem nach 22:00 Uhr) selber tragen.

Die Frage „Schmeckts?", Antwortmöglichkeiten „Ja / Nein" sollte selbsterklärend sein. #Verzierung

Im vorletzten Abschnitt „Besondere Kenntnisse und Fähigkeiten" habt ihr die Gelegenheit, euch von der Masse der Bewerber abzusetzen.

„Französisch 1+ mit Auszeichnung und Sternchen" ist gut, „Wenn sein muss" weniger und „Platonische Liebe" wäre fatal.

Als letzten Punkt gibt es noch die Gelegenheit, eine Bemerkung abzugeben. Manchmal ist genau diese entscheidend und könnte das Tüpfelchen auf dem i bedeuten. Ein gutes Beispiel wäre: „Schlag mich, peitsch mich, sag Sau zu mir!"

Datum und Unterschrift nicht vergessen. Drei Kreuze sind völlig in Ordnung, denn Dumm …

Alles weitere klären wir dann im persönlichen Gespräch und dem damit verbundenen Eignungstest.

Jetzt mal Butter bei die Fische und ein ernstes Gespräch Mann zu Mann... oder Frau: Immer muss sich der Mann anstrengen. Immer müssen wir irgendwas machen. Frauen wollen so emanzipiert sein, aber beim Dating ist das alles vergessen. Sogar in Online Dating Plattformen (ja, diese besuche ich ab und zu, hatte ich glaube ich schon geschrieben) klicken die Frauen auf „Finde ich attraktiv" aber anschreiben... ne, das müssen wir Männer machen.

Es wäre so viel einfacher mit einem Fragebogen: Ausfüllen, auswerten und Zack, fertig.

Unromantisch? Das liegt im Auge des Betrachters und ist eine reine Geschmacksfrage.

Na gut, es ist Unromantisch. Aber effektiv.

Das Leben mit einem Widder

Ich glaube ja nicht so sehr an die Astrologie und die damit einhergehende Verbundenheit der Sternzeichen, deren es 12 gibt. Das eine kann mit dem Anderen, andere Konstellationen gehen gar nicht usw. usf.

Mir ist es auch Schnurzpiepegal, welcher Mond in welchem Haus wohnt, welche Hausnummer dieses hat, ob die Ringe des Saturn den Uranus beeinflussen und damit dann einen Aszendenten zu irgendeiner Gottheit oder anderem Quatsch bilden oder überhaupt.

Nachdem ich aber nun viele Jahre mit einer Widder-Frau nicht nur zusammen, sondern sogar verheiratet war, hat diese Zeit mich etwas an meiner Negativhaltung zweifeln lassen und ich sehe das Thema der Astrologie mit anderen Augen.

Das Sternzeichen Widder wird gern folgendermaßen beschrieben: „Der Widder ist ein Mensch der Tat. Er ist von einem unbändigen Drang erfüllt, die Umwelt nach seinen Vorstellungen zu formen."

Ich bestätige und betone: **Seinen** … oder auch nach **ihren** Vorstellungen.

Ich bin übrigens Steinbock. Und die Konstellation „Steinbock-Widder" ist in den Büchern die „ideale" Zusammenstellung.

Meine Erfahrung diesbezüglich sagt allerdings: Wie „Hund und Katz" oder auch „Tod und Verderben" passt besser, also so wie Widder-Frau-Faust auf Steinbock-Männchen-Auge.

Wobei ich gleich sagen will, dass mich eine Faust nie getroffen hat, aber ein schwangeres Widder-Weibchen selbst mit Neun-Monats-Babybauch in Momenten der Wut in der Lage ist, einen Arschtritt in 80 cm Höhe zu verteilen. Mitten im Supermarkt. Eine sportliche Höchstleitung, die es trotz allem zu würdigen gilt.

Hat man sich mit dem weiblichen Teil des Tierkreiszeichen Widder eingelassen, so muss man als Mann mit gewissen charakterlichen Eigenheiten klarkommen und vor allem starke Nerven beweisen.

Ich glaube, dass ist sogar Sternzeichenunabhängig. Egal ob Wassermann, Krebs, Löwe oder sonst was: Du hast keine Chance! Das Widder-Weibchen **ist** so. **Immer!**

Es kann Dir also durchaus passieren, Wahrscheinlichkeit 100 %, dass Du am Morgen die gemeinsame, oder, viel schlimmer, **Deine** eigene Wohnung verlässt und am Abend in etwas zurückkehrst, was Dich an Deinem Erinnerungsvermögen zweifeln lässt.

Du warst Dir doch sicher, dass die Couch am Morgen noch an der linken Wohnzimmerwand stand und nicht wie jetzt rechts in der Mitte.

Deine auf dem Boden liegende Jacke, die eigentlich auf der Garderobe hängen sollte, in die Du nun aber genau hineingelaufen bist, weil in Deinen Gedanken noch ein „Flur = Garderobe" assoziiert wird, zeugt von der Erkenntnis: „Irgendwas ist anders."

Frau Widder neigt nämlich nach unbestimmter Zeit zu einem kompletten Umgestalten des bisher als natürlich gegebenen Lebensraums.

Dabei entwickeln die Weibchen, begünstigt durch die übermäßige Ausschüttung von Irrsinnshormonen, Kräfte die man ihnen nicht zugetraut hätte.

Massive Eichenschränke, für die drei gestandene Kerle der Gattung Arnold zum Verrücken nötig sind, werden von der Widder-Frau im Umräumungswahn mühelos mehrere Kilometer durch die Wohnung gehoben, geschleift oder geschoben.

Der Fernseher steht nun auch nicht mehr in gerader und uneingeschränkter Sichtlinie zum Sofa, sondern findet sich schräg in einer Zimmerecke hinter den neu angeschafften Palmen wieder, deren Blätter mitten ins Bild hineinragen und den einsehbaren Bereich des Fernsehschirms von 100 auf 30 % reduzieren.

Zum Glück sind Badewannen, Spül- und Waschbecken im Großteil der Fälle starr montiert und wiedersetzen sich somit auch den hartnäckigst verübten Umzugsmanövern.

Ich bin allerdings sicher, dass es für eine Widder-Frau ohne weiteres möglich ist, eine mehrtägige Abwesenheit des Partners dazu zu nutzen, sich in Autodidaktik und Sachbüchern die benötigten Kenntnisse anzueignen, um Gas- und Wasserinstallationen selbsttätig durchzuführen, danach das Bad und / oder Küche neu zu verfliesen und auch Wanddurchbrüche, so sie nötig sind, auszuüben.

In den Sternzeichenbüchern steht auch noch: „Sein (die Widder-Frau ist gemeint) Umgang mit anderen Menschen wird von seinem impulsiven Temperament und seiner geringen Anpassungsbereitschaft geprägt."

Ich nickte beim Lesen dieses Satzes, hätte aber die Worte etwas weniger diplomatisch gewählt. „Impulsiv" hätte ich mit „explodierend" und „geringe Anpassungsbereitschaft" mit „absoluter Sturkopf" ersetzt. Obwohl, Hysterie trifft es auch.

Sagte ich schon, dass ich mit einer Widder-Frau verheiratet war? Damit würde ich mich als Experten bezeichnen.

Das Temperament eines Widders beschränkt sich übrigens nicht auf den Partner, sondern erstreckt sich auch auf die umgebende Umwelt.

Vorbeigehende Passanten, die für einen Sekundenbruchteil die Augen auf, nehmen wir als Beispiel, einen Umzug des Widder-Weibchens werfen, werden mit den Worten: „Hab ich 'n Keks auf'm Kopp oder was?" verstört zurückgelassen.

Ebenso übrigens auch der Partner.

Machen Sie hier nicht den Fehler, liebe Leidensgenossen, etwas dazu zu sagen. Ich weiß, wovon ich spreche.

Was Frau Widder übrigens zum totalen Ausrasten, den Vulkan zur Eruption und den Partner den schmalen Grad zwischen Leben und Tod beschreiten lässt, nennt sich:

Ignorieren.

Wenn man also das Weibchen, welches sich gerade so schön in Rage geredet hat, ärgern möchte und noch dazu extrem lebensmüde ist, dann schaltet man seine Ohren einfach auf Durchzug und erfreut sich in den letzten Momenten des Lebens des kleinen Triumphes.

Frau Widder wird alle Register ziehen, die man sich vorstellen kann und ich weiß, dass sie in diesem Moment auch Waffen und Wurfgeschosse verwenden wird.

Zum Glück ist eine Widder-Madame, zumindest meine damalige, aber nicht sehr zielsicher und so schafft man es locker, fünf nacheinander geworfenen Tennisbällen auszuweichen auch ohne sich zu bewegen. (Zwei Links vorbei, einer Rechts und weitere zwei einen Meter vor mir auf den Boden. Bei einer Entfernung von gerade mal 2 Metern zur Abschussrampe bzw. dem Widder-Wurfstand)

Ja, ja, der weibliche Widder. Ich habe eine Frau kennengelernt, also nach meiner Ex-Frau, die auch Widder ist (ich war ja vorgewarnt, aber man fragt nicht beim ersten Date nach dem Sternzeichen und als ich es erfahren habe, war's zu spät) und dieser habe ich diesen Text vorgelesen.

„Ich bin nicht Deine Ex-Frau und ein ganz anderer Widder" war die Reaktion... nur, um ein Date später alle, aber auch wirklich alle Anzeichen des beschriebenen Widderweibchens zu zeigen.

Ja klar... ich wiederhole mich: Ein Widder ist so. Immer!

Autofahren 1: Die Sache mit dem Parkhaus

Als ich noch Auto fuhr (klar, brauchst'e in Berlins Friedenszeiten, also wenn mal nicht gestreikt wird, ja auch nicht) da gab es schon manche wunderliche Dinge, die mir so passiert sind.

Der erste Wagen zum Beispiel, den ich nach bestandener Fahrprüfung gefahren habe, gehörte meiner damaligen Freundin und heutigen Ex-Frau.

Ein kleines, aber feines Wägelchen mit einer einzigen, kleinen, im Grunde winzigen Macke:

Der Tacho ging nicht!

Ihre Aussage: „Ach, das hört man schon, wenn man zu schnell ist oder schalten sollte", half mir nicht wirklich weiter.

Als Fahranfänger ignorierst Du… oder sagen wir lieber: Du missinterpretierst das immer schriller werdende Aufheulens des Motors als ein „Yeah Alter, gib Gummi!" anstatt des eigentlich gemeinten Sinns „Oh Gott, oh Gott, oh Gott, jetzt schalt doch endlich, bitte, bitte, bitte!"

Geschwindigkeitsbegrenzungen kann man zum Glück völlig ignorieren. Bei defektem Tacho ist ein Beachten der Schilder mit 100, 50 oder 30 reine Zeitverschwendung.

Meine erste „Alleinfahrt", ohne eine um ihr Auto allzu besorgte Freundin auf dem Beifahrersitz … (ganz oft hatte ich mir diesen Knopf aus James Bond gewünscht … klick und sssst… um den hysterischen Anfällen „Pass auf!", „Vorsicht!", „Bremsen!", „Ach Du Scheiße!" zu entkommen)

Also, mein erster Solo Ausritt führte mich ausgerechnet in ein Parkhaus.

Na gut, mir ist da das ein oder andere Missgeschick passiert, aber im Grunde nun wirklich nicht der Rede wert.

Das Erste machte sich durch ein knirschendes, schleifendes Geräusch bemerkbar und dem abrupten Stoppen des Wagens an einer Steinsäule bei der Einfahrt in eine Parkbucht.

Verdammt! Wie sollte ich **ihr** … **das** erklären?

Vielleicht könnte ich etwas von einem defekten Einfahrtstormechanismus erzählen, der sich zu einem für mich und den Wagen sehr, sehr ungünstigen Augenblick selbsttätig geschlossen hatte?

Mich könnte auch ein Panzer gerammt haben, doch diesen Gedanken verwarf ich als Unsinn recht schnell wieder und vertagte meine Suche nach einer Ausrede auf nachher.

Ich war ja nicht zum Vergnügen hier, sondern wollte ein Geburtstagsgeschenk für meine Holde kaufen.

Nach der Erledigung meines mir selbst auferlegten Auftrags, wollte ich die Heimreise zum jüngsten Gericht … Verzeihung … zu meiner mich liebevoll und allzeit verständig erwartenden Freundin antreten.

Die Ausfahrt aus der Haltebucht gestaltete sich, dank nun ergonomisch aerodynamisch geformter Kurve in der Beifahrertür, ohne Probleme oder weiteren Schaden.

Dass man einen Parkschein vor dem Einstieg in das Auto entwerten musste, war mir, nicht nur allein durch die überall angebrachten Schilder, bewusst… nur nicht an diesem Tag!

Ich versuchte die Schranke, die mir die Weiterfahrt verwehrte, durch hartnäckiges Einschiebens meines Parktickets doch noch zu überreden, doch diese ließ sich nicht täuschen. Hartnäckig verweigerte sie sich einer Öffnung ihrerseits.

Auch das begonnene Hupkonzert der nun hinter mir haltenden Fahrzeuge interessierte die Wächterin der heiligen Ausfahrt nicht die Bohne.

Also blieb mir nur eine Wahl: Zurücksetzen!

Nun begann ein munteres Rangieren aller Fahrzeuge und die anderen Autofahrer halfen mir durch freundliche Worte wie „Idiot!", „Penner!" und „Geh sterben Du Assi!" sowie aufmunternden Gesten wie dem ausgestreckten Mittelfinger, mich und das Autochen aus der Gefahrenzone, zurück in die Nähe der Kassenautomaten zu bewegen.

Mit entwertetem Parkschein machte ich mich also erneut auf den Weg zur Torwächterin um mich der Herausforderung ein zweites Mal zu stellen. Aber diesmal war ich siegessicher!

So fuhr ich mit heruntergekurbeltem Seitenfenster, den Arm, mit Parkschein in der Hand, lässig nach außen haltend und schon einmal „On the road again" im CD-Player auf Lautstärke 10 schallend, auf meine Gegnerin zu. (Nein, damals war's ein Kassettendeck, aber wer kennt das schon heute noch)

Ich streckte die Hand aus und… konnte förmlich spüren, wie mich die Schranke hämisch auslachte.

Ich hatte den Wagen zu weit vom Schlitz entfernt zum Stehen gebracht, um den Schein einführen zu können.

Nicht mit mir, ich würde jetzt nicht klein beigeben!

Ich löste den Gurt, beugte mich aus dem Fenster und hing zur Hälfte aus der Tür, da bemerkte ich, dass sich das Ausfahrtticket nicht mehr in meiner Hand befand, sondern locker und leicht dem Boden entgegen schwebte.

Ein instinktiv ausgelöster Fangversuch scheiterte und ich hing nun zu dreiviertel aus dem Wagen.

Dabei bemerkte ich, dass sämtliche Überwachungskameras in meine Richtung schwenkten.

Passanten, Reinigungspersonal und die Fahrer der bereits sich wieder hinter mir stauenden Fahrzeuge schauten mich mit offenen Mündern erstaunt und teilweise auch mitleidig an.

Das Ticket verschwand unter dem Auto und in einem letzten Rettungsversuch ließ ich mich aus dem Fenster gleiten um dieses doch noch zu erreichen.

Unbekannte Beobachter dieser Szene gaben später zu Protokoll, dass ich wie ein nasser Sack, mit Füßen nach oben, auf den Betonboden klatschte.

Ich war schweißgebadet, mein Adrenalinspiegel auf Höchststand. Ich wusste nicht mehr, wo ich war, noch wieviel Zeit vergangen war, doch verzweifelt fingerte ich nach dem Schein, denn in meinem Gehirn hatte sich nur noch ein Gedanke festgesetzt: Ich musste hier raus! Koste es, was es wolle.

Irgendwann sprang ich auf, riss meinen Arm triumphierend nach oben und schrie aus Leibeskräften: „Ich hab ihn, ich hab ihn! Nicht mit mir, Du Sau!"

Ein wuchtiger, kurzhaariger Typ im 3er BMW antwortete mir daraufhin mit den Worten „Fahr jetzt los du Vogel, sonst helf ich mit!"

„Entschuldigen sie bitte, dass ich sie aufgehalten habe. Ich bin sofort weg" … **hätte** ich sagen sollen… stattdessen rutschte mir ein „Hab ihn selber gefunden, du Fettsack." heraus.

Kurze Zeit später stieg ich mit einem Veilchen und tropfender Nase wieder in den Wagen ein, hoffte inständig, dass ich jetzt nicht auch noch den Sitz vollblutete und fuhr in der Hoffnung, durch meinen Zustand genug Mitleid bei meinem Frauchen herausschinden zu können, nach Hause.

Geklappt hat das zwar nur Suboptimal, aber mein Zustand schindete doch mehr Eindruck, als erhofft, sodass mir die Standpauke erspart blieb.

Tja, Autofahren, Unfall bauen, eins aufs Maul kriegen und dann noch bemuttert zu werden, dass schafft auch nicht jeder.

Und … eine Ausrede brauchte ich nach der Aktion nun wirklich nicht mehr.

Parkhäuser sind irgendwie nicht mein Ding... die Beule in der Tür war zum Glück nicht so schlimm... die Reaktion meiner Frau schon... aber erst Jahre später... #rachedurstig #erwähnteichwidderschon

Maßnahme zur Integration in den ersten Arbeitsmarkt

Wenn man auf der Bühne steht, so wie ich, dann ist man ein Künstler... und gehört damit gleichzeitig dem unsäglichen Bevölkerungs-Prozentsatz der Hartz IV Empfänger an.

Also im Grunde ist man arbeitslos... zumindest nach der Meinung „meines" Beraters beim Jobcenter.

Als ich das erste Mal meinen H4 Antrag gesehen habe, sprach ich mit Gott, aber der meinte nur: „Alter, mal ganz ehrlich: Da reichen 7 Tage nicht aus, Wunder kann ick och nich'."

Und was man da alles noch dazu braucht: EKS, WKS, NKS, XKS, PDS... Moment, das war was anders...

Und Du musst in diesem Antrag Dein ganzes Leben offenbaren: Haben Sie Kinder? Wenn ja, warum?

Gab oder gibt es in Ihrer Familie Anfälle von Irrsinn? Nein, aber ich bin mir sicher, dass ich nach dem Ausfüllen dieses Antrags der erste sein werde!

Trinken Sie regelmäßig übermäßig? Achso, klar, ist ja bei Hartz IV 'ne Grundvoraussetzung, also „Ja".

Sind Sie Schwul, Ausländer, Schwanger oder sonstiger menschlicher Abfall, der eine Kürzung Ihres ohnehin untergeringen Anspruchs zusätzlich mindern könnte?

Und ganz am Ende noch die Bemerkung: Sind Sie wirklich sicher, dass Sie diesen Antrag persönlich allein ausfüllen konnten?

Nun haben wir es endlich geschafft, diesen Dokumenten-wust auszufüllen, abzugeben und sogar, wenn nicht wieder einmal Anlagen verschlampt werden, genehmigt zu bekommen.

Und jetzt endlich freut man sich auf ausschlafen, chillen oder adäquat dazu auch Saufen auf der Parkbank und alles auf Kosten des Staates... also auf Eure!

Aber nix da: Du musst Dich bewerben! Mit Nachweisen! Und am besten noch mit einer Urinprobe Deiner Groß-mutter mütterlicherseits beglaubigt.

Mich hatten die Schergen des Centers für Schikane und Machtmissbrauch letztens in eine sogenannte „Maßnah-me" gesteckt.

2 Monate dauerte die und natürlich begann sie in der Mo-natsmitte, denn das hat Methode: In 8 Wochen bist Du bereits 3 Monate aus der Statistik und giltst nicht mehr als Arbeitslos.

Ich hatte „am Montag Morgen, **pünktlich** um 9:00 Uhr", pünktlich ernsthaft fett geschrieben, bei irgend so einem Maßnahmeträger zu erscheinen. Ansonsten drohten Sanktionen, Kürzungen, Auspeitschungen, rituelle Waschun-gen usw.

Also war ich um 9:15 da, etwas Kulanz-Zeit wollte ich mir schon gönnen... mit etwa 50 weiteren bemitleidenswer-ten Kreaturen. Alle füllten wir brav einen Anmeldebogen aus... und waren danach alle wieder nach Hause, oder in die nächstgelegene Trinkhalle, entlassen. What the fuck?

Am nächsten Tag sollte es dann aber mit der „Integration in den ersten Arbeitsmarkt" Maßnahme losgehen.

In meinem Kurs waren alle zunächst einmal höchst motiviert damit beschäftigt, Namensschildchen zu basteln, zu bemalen, diese kreativ zu verschönern um sich individuell zu gestalten, sowie irgendwelche Fragebögen zur Selbsteinschätzung oder so was auszufüllen.

Bei der Frage „Ist denn jemand freiwillig hier?" brach der Saal nach einer „Meint die das ernst?" Schweigeminute in schallendes Gelächter aus.

Nein, natürlich war hier keiner freiwillig! Für ein „Ja" auf diese Frage hätte es wohl auch Klassenkeile gegeben.

Ich widmete mich zunächst einmal der Charakterstudien meiner Kursmitteilnehmer:

Der Sitznachbar zu meiner Linken gab unentwegt passende oder unpassende Kommentare zu jedem Satz der Anstaltsleitung, oder Kursführerin, ganz wie ihr mögt, ab.

Mein rechter Kamerad machte dem Wortspiel „Rechter Kamerad" auch alle Ehre und war eher in einer, nun sagen wir mal, unfriedlich deutschen Stimmung.

Ein anderer telefonierte ständig, zwei Damen die immer zusammen erschienen und auch gingen, taten... naja, gar nix halt.

Andere wiederum sahen sich einen Bud Spencer und Terence Hill Film auf dem Smartphone an.

Also wahrscheinlich der völlig normale Durchschnitt einer H4 Maßnahme.

Ich selber ließ mich durch die überaus motivierte Stimme der Kursleiterin einlullen.

Begünstigt durch die geringe Taktfrequenz ihrer Sprechgeschwindigkeit, klar, acht Stunden am Tag müssen ja irgendwie gefüllt werden, befand ich mich schon bald in einem Tranceähnlichen Dämmerzustand, wie nach dem Genuss einer guten Tüte. Nur, dass man hier nicht für das Gras bezahlen musste.

Die meisten brauchten übrigens nur anwesend sein. So stand es auf deren Schreiben. Anwesenheit. Mitmachen optional.

Da stand bei mir leider „aktive Mitarbeit".

Ich meldete mich zum „Wer mag den Sitzungsraum Das Meer attraktiv für die anderen Teilnehmer gestalten?" Kunstkurs.

Ich hatte in meinem Gedanken schon einen schwarzen, von Sturm und Urgewalt zerrissenen Ozean an die Wand gepinselt, mit Fischern, die von Haien zerrissen wurden, überall war Blut und ertrinkende Seeleute. Die Sturmfluten rissen ein kleines Dorf in den Tod. Schreiende Kinder, die sahen, wie ihre Mütter in gigantischen Wellen ertranken, verzweifelte Väter, die untätig zusehen mussten, wie ihre kleinen Töchter von im Wasser treibenden Ästen regelrecht aufgespießt wurden.

Es war grausam, als ich dann hörte, dass eine „Bildkollage" mit lustigen Delfinen und kuschligen Robben entstehen sollte und die Bilder schon da wären.

Ich steckte meine Buntstifte, mit denen ich mich gerade auf die Wand werfen wollte, wieder ein und entschloss mich zum rebellischen Widerstand, in dem ich einfach heimlich gar nicht mehr aktiv an der Maßnahme mehr teilnahm.

Einmal die Woche fand ein sogenannter Exkursionstag statt.

Wir kamen raus, hatten Freigang, konnten frische Luft

atmen, Kraft tanken, zurück ins Leben finden, wieder Mensch sein! Mit allen Urinstinkten!

Back to basic! Back to nature!

Ja zum Leben!!

Wir latschten zum Brandenburger Tor und hingen drei Stunden auf einer Bank ab. Also alles wie immer, nur ohne den erlösenden Alkohol. Und jetzt steh ich wieder auf der Bühne. Also, alles wie immer, nur jetzt wieder mit. Prost.

Ich habe diese Maßnahme wirklich machen müssen und das Jobcenter war sich nicht zu schade, auch ganz offensichtlich arbeitsunfähige Personen dort zumindest fünf Stunden sitzen, an Bewerbungen arbeiten und diese auch abzuschicken zu lassen.

In der Sendung „Team Wallraff" wurden die Verhältnisse in den deutschen Jobcentern dargestellt. Nicht, dass es mich wirklich verwundert hat, denn auch bei mir sind schon Anträge mit Anlagen verschwunden.

Es war nur sehr lustig, als meine Ex mir von den Lama Spaziergängen berichtet hatte und ich dann in dieser Maßnahme von den Exkursionstagen erfuhr, die wir dort machen würden. Ich sah mich schon mit einem Lama an der Hand durch Berlin spazieren. Schade eigentlich, die Tierchen hätte ich schon gern gesehen.

Computer, Spiele und Abstraktion

Entspannung zu Hause bedeutet für mich als Mann, dass ich mir die Playstation zur Hand nehme und zocke.

Heutzutage ist es ja so total in, immer mehr und mehr realistische Grafiken zu gestalten. Manchmal weiß man gar nicht mehr, wo man sich eigentlich befindet. Noch im Spiel oder doch schon wieder in der Realität? (Hab ich gerade wirklich eine Omma überfahren?)

Früher konnte man das noch ganz einfach trennen.

Das erste Spiel, was mir in die Hände kam, bestand aus zwei Rechtecken links und rechts, einer Mittellinie und einem Quadrat.

Das Viereck flog von einer auf die andere Seite und Du konntest das Rechteck hoch oder runter steuern. Hat man das nicht Quadrat getroffen, gabs einen Punkt für den Gegner. Nach 15 Punkten war Schluss. Dann konntest Du neu starten.

Nicht zu vergessen auch das einzige Geräusch in diesem Spiel: Pong… Pong… Pong.

Mehr war das nicht.

Sowas kann man in der heutigen Zeit natürlich niemandem mehr anbieten, nicht mal kleineren Kids.

Heute wird geballert, was das Zeug hält, in 3D, mit Morphing und Erschütterungen und natürlich in Dolby Surround 7.1 Sound damit es neben, vor, über, unter und hinter Dir knallt und raschelt und schreit.

Wir Kinder der Anfangszeit waren froh, wenn wir einen

gelben Ball durch ein Labyrinth steuern konnten, dabei weiße Punkte aufsammelten und uns vor vier Geistern in Acht nehmen mussten. Die Gespenster konnte man, nach Aufnahme einer Energiepille, auch für kurze Zeit fressen.

Gut, so mancher wirft sich ja auch heutzutage eine Pille ein und beginnt dann irgendetwas zu fressen, keine Frage.

Es gab auch damals schon verbotene Spiele. Eines davon hieß Beach Head. Und das kam auf den Index wegen „übertriebener Gewaltdarstellung".

Ernsthaft: In diesem Spiel beschoss man als ein gutes Ami-Strichmännchen die bösen, bösen Russen-Strichmännchen und diese konnte man auch mit dem Panzer überfahren.

Dann gab es einen Schrei der sterbenden Blöckchen, also im Grunde nur eine Mischung aus hoch frequentierten Amplitudenmodulationen aus dem Soundchip, und einen roten Farbklecks auf dem Bildschirm.

Ein verbotenes Spiel. Ha! Wir hatten es alle!

Wir hatten auch nie die Gelüste, nach dem Spiel von Beach Head, uns mit Waffen jeder Art auszurüsten und dann Amokläufe durchzuführen. Diese Art Klötzchengrafik stimulierte nun so wirklich gar kein Aggressionsgen bei uns.

Aber warum hatten wir alle ein Spiel, dass wir nicht kaufen konnten?

Weil wir damals wie die Wilden kopierten. Wir waren ein Raubkopierer-Imperium. Ein Clan.

Wir standen von früh morgens, also nur die Schulschwänzer, bis zum Ladenschluss am Abend um 18:00 Uhr bei Karstadt und zockten wie die Wilden an den aufgestellten

Demo-Computern.

Und wir kopierten!

Der eine hatte das, der andere jenes und so wurden Disketten hin und hergeschoben.

Alles öffentlich! Vor den Augen der Verkäufer! Meistens hatten die auch Disketten dabei, weil sie noch das ein oder andere Spiel brauchten.

Wir hatten auch Namen wie 1103, Jedi, usw.

Heute wird ja alles nur noch heruntergeladen. Da haste keine einseitige Diskette mehr in der Hand, die Du mit einem einfachen Locher auch beidseitig beschreibbar machen kannst.

Und überall standen Spielautomaten. Also nicht die für die spielsüchtigen Erwachsenen, die all ihr Geld in einen Automaten warfen, in der stillen Hoffnung, durch schnelles Tastendrücken drei Kronen auf rotierenden Scheiben in Reihe zum Stehen kommen zu lassen.

Nein, wir warfen unser Taschengeld in Computerspielautomaten ohne Hoffnung, dieses je wiederzusehen.

Wir versuchten, mit einem Klempner in roter Latzhose einen übergroßen Affen zu besiegen, der ein Mädel entführt hatte und mit Fässern nach uns warf. Erst später wurde mir klar, dass es sich hier um eine Prinzessin handelte.

Es gab übrigens vier Level und im letzten Level rissen wir mit unserer Spielfigur Mario dem Affen die Stahlträger unter dem Arsch weg und der Primate fiel nach unten auf seinen Kopp.

Da kam nie ne Tierschutzorganisation.

Ja, wir waren eine illegale, verdorbene, und vor allem, versaute Generation.

Auf dem C64 gab es z.B. einen Affen, dem man beim onanieren zugucken konnte. Erst in klein und dann in vergrößerter Darstellung.

Das waren unsere Pornos.

Auch waren wir natürlich, als pubertierende Jungs, alle geil auf Strip-Poker. Aber nein, nicht doch in echt mit hübschen Mädel… auf dem Computer!

Wir spielten Poker, um uns an hässlich gezeichneten Schwarz-Weiß Portraits von Frauen oder auch Männern, man dachte damals auch an Computer zockende Mädchen oder auch anders, aufzugeilen.

Ich sags Euch gleich: Das misslang gehörig. Man konnte eh nix erkennen in diesem Pixelbrei… aber wir hatten und zockten es! Und auch alle Erweiterungsdisketten mit noch mehr Typen und Frauen, die man nicht erkennen konnte! Yes!

Ich kann mich übrigens nicht erinnern, jemals ein Spiel wirklich bis zum Ende durchgespielt zu haben. Das ging auch gar nicht. Warst Du gerade mit einem Spiel beschäftigt, kamen schon wieder neue dazu, die man kopieren musste.

Zum Spielen hatten wir doch gar keine Zeit.

Flugsimulatoren in der alten Computerzeit waren auch noch weit davon entfernt, als Schulungszentrum für Terroristen herhalten zu können.

Es gab vier Farben: Grün = Gras. Braun = Berge. Dunkelblau = Wasser. Hellblau = Himmel.

Okay, Weiß gabs auch noch für die Start- und Landebahnen.

Ich war der Adventure Spieler. Ich wollte Rätsel lösen und nachdenken. Und da gab es eine Firma, die schaffte es, tolle Spiele zu erstellen: LucasArts.

Als Zak McKracken verstopfte ich die Flugzeugtoilette und sorgte dann noch mit einem Ei in der Mikrowelle dafür, dass die Stewardess abgelenkt wurde, damit ich die Gepäckfächer durchsuchen konnte. Wir bekamen es mit einem zweiköpfigen Eichhörnchen und Außerirdischen mit Hut und Nasenbrille zu tun.

In Monkey Island steuerte ich den Möchtegern Piraten Guybrush Threepwood als Pixelfigur über mehrere Inseln, lieferte mir mit der Schwermeisterin Beleidigungsduelle und bekam dafür ein T-Shirt mit der Aufschrift „Ich besiegte den Schwertmeister und alles was ich bekam war dieses T-Shirt". Das bekam ich natürlich nur virtuell im Spiel. Nicht, dass jetzt Missverständnisse entstehen.

Dann bestiegen wir noch einen Sarg und machten uns darin auf zur Voodoo Priesterin in den Sümpfen, bekamen von ihr eine Flasche Malzbier um den bösen Geisterpiraten LeChuck besiegen zu können.

Kurzer Wissenseinwand: Wusstet ihr, dass das Spiel Monkey Island sich an der Disneyland Attraktion Pirates of the Caribbean orientiert und sich die Filme mit Johnny Depp nun wiederrum an Monkey Island? Nein? Dann wisst ihr es jetzt.

Ja, das war meine Welt.

Heutzutage zieht man mit Kettensäge, MG und Raketenwerfer durch Zombiehorden, meuchelt und metzelt was das Konsolen oder PC Herz hergibt und freut sich an halbseidenen Storys.

Schade eigentlich.

Altes Geek Gen wieder aktiviert. Computer und Computerspiele sind für mich immer noch ein Phänomen. Aber heutzutage sitze ich vor „Wimmelbild" Spielen. Die Zeit, die Zeit.

Was mach ich wohl 10 Jahre später? Social Media Games spielen, was sonst... wenn ich dann noch was sehe.

Ein Text über Frauen

Frauen sind in der Comedy ein beliebtes Thema.

Im Allgemeinen sind Frauen bei Männern oder auch entsprechend orientierter Damen ein Thema.

Ich habe noch keine Geschichte über Frauen geschrieben und möchte das mit diesem Text nachholen.

Jede Ähnlichkeit mit lebenden oder verstorbenen Personen sind natürlich rein zufällig.

Ich habe mehrere Texte begonnen, doch jedesmal wurde es frauenfeindlich… oder hätte so aufgefasst werden können und somit habe ich diese wieder verworfen.

Schließlich bin ich nicht Ingo Appelt und möchte ihm den Titel als Drecksau der Nation nicht streitig machen.

Außerdem habe ich auch etwas Angst, denn ich bin sicher, dass sich in der Handtasche eine Frau genug Materialien finden lassen, die beim Vortrag eines solchen Textes, als Wurfgeschoß verwendet werden können.

Ach. Ja. Der unsägliche und alte Witz über Damenhandtaschen. Er steckt so voller Klischees und Übertreibungen.

Aber trotzdem wird es kein Mann wagen, in die Handtasche einer Frau zu greifen. Wer weiß denn schon, was da auf einen lauert? Ein Haps… und die Hand ist ab. Oder man bleibt an irgendetwas undefinierbaren kleben.

Mir fällt da immer die Müllschlucker Szene aus Star Wars ein:

„Schatz, in Deiner Tasche hat mich irgendwas berührt."

„Ach Quatsch."

„Nein ehrlich… oh Gott… es hat mich… es hat mich…"

Klischees…

Oder das Ding mit der Fernbedienung.

Das ist doch ein Mythos, dass Frauen die Fernbedienung immer auf den Fernseher legen.

Das geht heutzutage doch gar nicht mehr.

Denn wozu wurden Flachbildschirme doch gleich nochmal erfunden? Genau, damit die Fernbedienung nicht mehr draufpasst.

Ha. Ha.

Außerdem haben wir Männer aufgerüstet. Wir haben eine App für unser Smartphone. Remote Controle +. Ja, wir müssen uns ja auch irgendwie verteidigen.

Ihr könnt also die Fernbedienung verstecken, wo Ihr wollt. Solange wir unser Smartphone haben, ist uns das schnurzpiepegal. Ätsch.

Aber kommen wir zurück zum Text über Frauen.

Ich persönlich liebe Frauen und finde, sie sind wundervolle Geschöpfe. So anmutig und graziel… gut, nicht alle, dass muss ich einfach dazu sagen. Bei manchen, die ich so sehe, denke ich an Greenpeace: Jetzt alle mitmachen und den Wal zurück ins Meer schieben.

Mal ernsthaft: Stellt Euch doch bitte einen Buckelwal in bauchfreiem Top mit knallengen Leggins vor… jetzt übertragt Ihr das… und schon versuchen wir, das gerade entstandene Bild mit einer Gabel durch das Auge wieder aus dem Hirn zu ziehen.

Aber von diesen Mutationen der Gentechnik einmal abgesehen, sind Frauen toll und meist wohl geformt und proportioniert.

Ich sehe auch einige hier, auf die diese Beschreibung zutrifft.

Und ich weiß, was gerade jetzt in Euren Köpfen vorgeht: Meint der mich? Ja, der meint mich. Natürlich meint der mich. Die dicke Plunschkuh neben mir kann er ja gar nicht meinen.

Direkten Blickkontakt vermeide ich jetzt aus ganz bestimmten Gründen:

a)   Ich möchte niemanden das Gefühl geben, nicht gemeint zu sein

und

b)   Kann ja sein, dass Du mit einem Partner hier bist

Solo Frauen, auf die meine Beschreibung (also anmutig, graziel, wohl proportioniert) zutrifft, dürfen jetzt die Hand heben oder sich hinter der Bühne in die Warteschlange einreihen. Aber nicht drängeln, schubsen oder kreischen bitte.

Ich lieg ja nicht auf dem Grabbeltisch als Sonderangebot.

Wieder abgeschweift, aber ich wiederhole es noch mal: Frauen sind großartig!

In ihnen schlummern so viele tolle Eigenschaften und Talente: Freundin, Mutter, Liebhaberin, Köchin, Waschmaschine…

Nein, nein… ich bin ein emanzipierter Mann und kann meine Waschmaschine eigenhändig ohne Anleitung bedienen… gut, mir hat eine Frau beim Lernen geholfen…

Aber trotzdem wäre ich auch in der Lange, meine Hemden bügeln zu können, wenn mir das entsprechende Handwerkszeug zur Verfügung stehen würde. Aber ich habe eine Ex-Frau, die das gern für mich übernimmt... wozu soll ich mir dann ein Bügeleisen kaufen? Wenn man sich das im Baumarkt ausleihen könnte, ja dann…

Aber das ist auch wieder so ein Vorurteil: Männer sind unselbstständig und kriegen allein nix auf die Reihe!

Doch, dass tun wir. Wir haben das Internet als Hilfsratgeber. Wir sind in der Lage, ein hartes Ei zu kochen. Steht alles im World Wide Web.

Irgendwie habe ich den roten Faden verloren.

Zurück zum Thema: Frauen!

Frauen sind, das muss ich neidlos anerkennen, härter im Nehmen und vor allem auch nicht so wehleidig wie wir Männer.

Ja kommt, es ist doch einfach so.

Bin ich mal krank, dann möchte ich, dass die Welt erfährt, wie nah ich an der Kante zum Tode stehe.

Ich will bedauert werden und deswegen poste ich auf Facebook meinen Status: Krank! mit dem Hashtag: Ich werde sterben. Grüßt meine Kinder von mir.

Ich verfasse auch meinen eigenen Nachruf, damit die

Kumpels nicht auf dumme Ideen kommen und Dinge posten wie z.B. „Verstarb nach langer, schwerer, qualvoller Krankheit. Schnupfen ist grausam!"

Und nein, ich liege nicht einfach nur so rum und bedauere mich selbst. Ich kämpfe mit dem Tod um mein Leben und meine Seele bei einer Partie Poker, er zeigt sich Euch nur nicht.

Frauen posten, wenn sie mit einer Erkältung kämpfen, Dinge wie „Nase läuft, Fieber. Bin einkaufen. Der Olle tut ja nix."

Was heißt das, wir tun nix? Wir wollen uns nicht anstecken, denn der leichte, fast nicht zu spürende Frauenschnupfen mutiert, wenn er in die Blutbahn und den Körper eines Mannes gerät.

Er wird zum Männerschnupfen, wird aggressiv, greift unser vegetatives Nervensystem an und hat nur ein Ziel: Töten!

Das darf man nicht runterspielen!

Zum Schluss möchte ich wiederholt betonen: Ich liebe Frauen.

Ohne sie wäre die Welt zwar auch noch bunt, zu bunt für meinen Geschmack, aber die heterosexuellen Männer hätten es doch auch wesentlich schwerer.

Es gibt so viele Dinge, die man über Frauen und Männer schreiben könnte. Und es gibt so viele Dinge, die darüber schon geschrieben wurden. Und es gibt so viele Dinge, die dummerweise einfach nur wahr sind.

Was soll man machen? Frauen sind wundervoll... aber auch unglaublich... aber ohne könnte ich nicht.

In einem Live Auftritt mit diesem Text kam übrigens kurz nach der Handta-

sche ein wütender, weiblicher (natürlich) Zwischenruf: „Ach, und was sind Männer?" Da ich zu diesem Zeitpunkt meinen Text als Comedy aufführte und eben nicht als Poetry Slam Text, konnte ich zum Glück improvisieren und umbauen und als erstes die Männer durch den Kakao ziehen... obwohl... wenn ich krank bin, möchte ich auch, dass es die Welt... oder zumindest Facebook erfährt...

Die Hexe Aurelia und das Ekel

Im fernen Lande Menetekel,
da lebte einst ein echtes Ekel.

Mit Fr fings an, mit Eddy auf.
Das ist nun mal der Welten Lauf.

Zu Preisen gabs nicht viel in seinem Leben.
Zu teuer wars, so ist das eben.

In Bekel aber saß ne Hex,
die hatte noch ne Menge Sex,

obwohl sie doch schon 180 ward,
die Geilheit hatte nicht an ihr gespart.

Eddy ging zu ihr, so oft es ging,
weil bei der Alten er noch Feuer fing.

Mit „Aach" und „Ooch",
ging es hinein ins Hexenloch,

wie sie scherzhaft ihre Bleibe nannte,
die Idee, die kam von ihrer Tante.

Aurelia, so hieß die Gute,
als Hexe war sie dumm wie Pute.

Eddy ließ sich nicht beirren,
oder von den Hexenrunzeln verwirren.

Fuffzig Euro ließ er da,
so war'n Hex und Ekel bald ein Paar.

Eines Tages gab es sich,
das Hexenmeister Traudichnicht,

die Beiden vor dem Hexenthron,
im Leibe brütete schon ein Sohn,

als frischvermähltes Ehepaar
den Segen gab der Hexenschaar.

Der Sohn der Beiden sitzt nun heute
hier, ihr lieben Leute.

Und liest sich grad um Kopf und Kragen.
Und ihr müsst dieses nun ertragen.

Schuldig an dem Text allerding bin ich nicht
sondern der, der neben mir grad sitzt.

Hurra ihr Leut', es ist gemacht und
wahrscheinlich hab ich doch gelacht.

Was zur Hölle ist das? ... werden sich jetzt einige fragen. Nun, dieser Text war mein Versuch, meinen Kollegen und Freund Freddy Bee bei einer unserer „Fünften Lesungen" in dem Spiel „Hier wird nicht gelacht" zu eben diesem zu bringen... also zum Lachen.

Dummerweise konnte sich Freddy noch gerade so über die Zeit retten und ich ging gnadenlos unter, weil sein Text... nunja... vielleicht nicht gerade lustiger war, aber ich dummerweise irgendwie doch nicht an mich halten konnte.

Willkommen in der Steinzeit! Willkommen im Neandertal!

Ich engagiere mich selten bis gar nicht politisch.

Wenn ich aber das momentane Weltgeschehen verfolge, dann komme ich einfach nicht mehr drum herum, auch etwas dazu beizutragen und ein Statement abzugeben.

Als Komiker macht man sich sehr viele Gedanken über eine Kunstfigur, bevor man auf die Bühne geht. Man überlegt sich einen Werdegang, einen Hintergrund, Stärken und Schwächen… kurzum: Man erschafft eine Person, die es nicht gibt.

Das ist harte Arbeit. Ich selber habe die Figur Andy S. geschaffen. Diese Figur ist heute nicht hier, spielt aber in meinen Shows eine Rolle.

Wie gesagt: Harte Arbeit.

Und dann schaue ich zufällig auf YouTube ein Video und denk so bei mir: Das gibt es doch gar nicht.

Da stellen sich vier Vollhonks in Trier vor eine Mauer, nehmen jeder eine Fackel in die Hand und sülzen eine strunzdumme Parole in die Kamera:

„Buntes Trier, nicht mit mir, vier, vier, vier."

So etwas rotzblödes habe ich selten gesehen.

Es sieht bei denen so leicht aus, so einfach. Auch wenn das sicher ebenfalls eine Menge Arbeit an den Schützenfest Bierzelttischen bedeutet hat.

Auch die Kunstfiguren sind liebevoll gezeichnet:

Wir haben einen dicken Doofen, der stockend unfundamentierte Nazifakten und Zahlen vorträgt.

Dann den strammstehenden Fels in der Brandung Vollpfosten, der mit grandioser schauspielerischer Leistung vortäuscht, keine Ahnung zu haben, was er da eigentlich tut.

Da ist der Kapuzenpulli tragende Alki mit offensichtlich zu früh angezündeter Fackel, schlechten Zähnen und natürlich, Klischee hin oder her, der Alt-Nazi, der, Bierbauch vorstreckend, versucht, mit zackig militärischer Stimme, eine Art volksgenössisches Gemeinschaftsgefühl zu erzeugen und sich erdreistet, die Kölner „Arsch Hu" Parole, die sich genau gegen die Interessen der Intelligenzallergiker richtet, zu missbrauchen.

Gemeinsam haben alle vier etwas: Sie gehören alle zur Minderheiten Trottelfraktion einer rechtsgerichteten Unterschicht.

Wenn man ein Haus baut, werden die Grundpfeiler immer auf Dreck errichtet.

Genauso ist es auch in einer Demokratie: Errichtet auf braunem Dreck, der im Untergrund wabert und sich bewegt und krampfhaft versucht, einen Weg nach oben zu finden, aber gottlob daran gehindert wird.

Leider klappt es nicht immer und überall, denn Schlamm und braune Rassismusscheiße dringt durch jede kleine Ritze.

Willkommen in der Steinzeit! Willkommen im Neandertal!

Ich bin ja kein Nazi, aber man wird ja wohl noch was sagen dürfen.

Ja, man kann etwas sagen, aber nicht jeder geistige Dünnschiß ist es wert, Gehör zu finden.

Unter dem Deckmantel der Meinungsfreiheit wird dumpfer Gedankenmüll auf die Straße gekippt und von einem, bei der Hirnverteilung leer ausgegangenem, Mob breitgetreten.

Und nein, ihr seid nicht das Volk. Also kann Euch auch niemand verraten. Ihr seid nichts weiter als ein Haufen zurückgebliebener Vollidioten, die selbst davor nicht zurückschrecken, Kinder anzugreifen.

Damals, ihr Geschichts- und Weltbildverdreher, hattet ihr Erfolg, weil sich ein Volk blenden ließ. Aber wir haben, anders als ihr Gesinnungspack, aus der Geschichte gelernt und werden dafür sorgen, dass sich Geschichte nicht wiederholt!

Willkommen in der Steinzeit? Willkommen im Neandertal?

Stellt Euch Rassismus und Fremdenfeindlichkeit gegenüber und begegnet diesem mit einem klaren „Nein!" und lasst uns zusammen die braune Gülle wieder dorthin zurück spülen, wo sie hingehört: In die Jauchegrube!

Eine andere Weihnachtsgeschichte

Dass es auf Weihnachten zugeht, merkt man spätestens im August, wenn es die ersten Nougatzapfen zu kaufen gibt. Gut, Schokoladenweihnachtsmänner und Adventskalender auch.

Nougat ist eine Art Schokolade, die sehr cremig ist, gut schmeckt, natürlich dick macht und eigentlich auf jeden Weihnachtstisch gehört… außer bei Diätnehmern vielleicht.

Leider kann man die Kalorienbomben aber nur von August bis September kaufen, denn entweder produziert die Industrie zu wenig und stellt eine künstliche Knappheit her, oder es gibt noch mehr wahnsinnige Nougatfetischisten, die, im Wissen um die Rarheit des Produkts, schon im August ihre Hamsterkäufe tätigen.

Ernsthaft: Nougat bekommt man im Dezember nicht mehr!

Auch keine Adventskalender.

Außer den überteuerten Schrott mit Plastikfigürchen hinter den Türchen.

Wenn Du also für Deine Kids noch keinen gekauft hast: Pech gehabt.

Ich habe immer für mich einen eigenen Kalender, dessen Türchen ich auch jeden Tag öffne und mich die enthaltene Schoki jeden Tag ein neues Stück freuen lässt.

Was mein Kalender allerdings zu sagen hat, ist weniger schön.

1. Dezember

Ich habe jetzt schon verloren. Ich bin durch einen fiesen Trick gewham't worden. Ein, jetzt ehemaliger, Freund schickte mir mit der Bemerkung: „Ey Alter, guck Dir die Riesen-Tüten an." ein WhatsApp Video. Beim zufälligen Drauftippen (hatte ich nicht vor, ehrlich) schallt mir „Last Christmas, I gave… „ entgegen. Elender Mistkerl.

2. Dezember

Habe eine Schoko Micky Maus im Adventskalender. Freue mich. Ich mag Micky Maus. Werde im Geschäft von einem Weihnachtsengel angesprochen. Dank mangelnder Bewaffnung ergebe ich mich in mein Schicksal, bekomme einen Schokoweihnachtsmann und einen 50 € Gutschein von Fielmann, wenn ich eine Brille im Wert von 175 € kaufe.

3. Dezember

Habe mich bewaffnet, aber niemand spricht mich an. Hatte einen Schoko Goofy im Adventskalender. Tolle Abwechslung.

4. Dezember

Falle über einen Tannenzapfen, der von einem aufgestellten Weihnachtsbaum gefallen ist und lege mich auf die Fresse. Wieder ein Schoko Goofy.

5. Dezember

Eine Schoko Micky Maus im Adventskalender. Überlege, die Hotline des Herstellers anzurufen. Ersticke fast im Vorrübergehen in einer Parfümwolke vor Douglas.

6. Dezember

Kacke dem Nachbarn über mir in der Nacht in die Nikolausstiefel seiner Rotzgören, die den ganzen Tag über den Fußboden springen, hüpfen, kreischen und gröhlen, als wenn sie in einem Fußballstadion leben würden. Hatte eine Schoko Micky Maus. Nix Nikolaus. Suche die Nummer der Hotline.

7. Dezember

Schoko Micky Maus. Hänge fünf Stunden in der Warteschleife des Herstellers. Gebe auf.

8. Dezember

Eine Schoko Micky Maus. Schreibe eine böse, vor unflätigen Ausdrücken wimmelnde, Mail. Bekomme keine Weihnachtskarten.

9. Dezember

Eine Schoko Minnie Maus. Bin versöhnt. Schreibe eine kurze Entschuldigungsmail an den Hersteller.

10. Dezember

Weihnachtsmarktbesuch. Prügel mich mit einer dicken Frau um eine Tasse Feuerzangenbowle.

13. Dezember

Werde aus der U-Haft entlassen, verfluche dicke Frauen und Feuerzangenbowle. Öffne zu Hause Türchen 11-13 und esse frustriert drei Schoko Micky Mäuse. Komme in der Hersteller Hotline durch, imitiere ein furzendes Geräusch und lege auf.

14. Dezember

Verjage auf meinem Weg zur Arbeit 2 Weihnachtsmänner, 3 Nordpol Elfen und 5 Schneemänner mit meiner selbstgebauten, als Waffe umfunktionierten, Zuckerstange aus purem Metall.

15. Dezember

Weihnachtsmarktbesuch. Prügel mich mit der dicken Frau um eine Bratwurst.

17. Dezember

Werde aus dem Krankenhaus entlassen. Der Punkt ging an die Dicke! Komme nach Hause und esse zwei Schoko Goofys. Auf dem Heimweg bringe ich einen Weihnachtschor durch falsches Mitsingen aus dem Takt.

18. Dezember

Versuche einen Weihnachtsbaum zu kaufen. Den letzten hat die dicke Frau gekauft. Schneide ihr den Weg ab, zieh ihr meine Zuckerstange über und kann unerkannt mit ihrem Weihnachtsbaum entkommen. Hatte heute zum ersten Mal einen Schoko Donald.

19. Dezember

Weihnachtsmarktbesuch. Sehe der dicken Frau zu, die im Feuerwehrauto am Kinderkarussell stecken geblieben ist. Prügel mich mit den Feuerwehrmännern, die die dicke Frau befreien wollen.

20. Dezember

Hab keine Ahnung wo ich bin, mir gegenüber sitzt ein Typ mit Eisenmaske auf dem Kopf. Ich erkenne schwach Dracula und Frankenstein. Werde wenig später von den Angestellten aus der Geisterbahn geworfen, in die ich mich nach der Prügelei mit der Feuerwehr geflüchtet hatte. Denke an eine 2 Meter große Schoko Micky Maus.

21. Dezember

Schoko Micky Maus. Natürlich. Schreibe eine Mail an den Hersteller und ahme ein furzendes Geräusch nach. Erzähle den Kindern des Nachbarn über mir, dass ich den Weihnachtsmann überfahren habe und es ab diesem Jahr keine Geschenke mehr gibt.

22. Dezember

Habe einem Kaufhaus Weihnachtsmann Pfefferspray ins Gesicht gesprüht, weil er auf meine Bemerkung „Ich bin Weihnachtshasser, lassen sie mich in Ruhe." mit einem „Hohoho" geantwortet hat. Ich hasse Schokolade. Ich hasse Weihnachtsmänner, ich hasse Micky Maus. Unterhalte mich die halbe Nacht mit meinen Kumpeln Dracula, Frankenstein und dem Typ mit der Eisenmaske.

23. Dezember

Weihnachtsmarktbesuch. Habe in der Nacht alle Karussells und Buden sabotiert, die Schießbude aufgebrochen und dem großen aufblasbaren Weihnachtsmann ein paar Kugeln in den fetten Leib geschossen. Hatte dabei die dicke Frau vor Augen, mit weißem Bart und rotem Mantel. Der Weihnachtsmarkt ist umstellt. Überall Blaulicht. Versuche die Polizisten zum Singen von Weihnachtsliedern zu überreden. Muss mich dann aber dem Einsatz von Tränengas beugen.

24. Dezember

Verbringe Heiligabend in Einzelhaft. Die Richterin, eine dicke Frau mit Kopfverband, zeigte wenig Verständnis. Bei der Hausdurchsuchung meiner Wohnung fand man ihren Weihnachtsbaum. Mein Nachbar hat mich wegen seelischer Grausamkeit angezeigt.

25. Januar

Nach Absitzung meiner Haftstrafe muss ich mich nun an jedem 1. Dezember eines Jahres in der Klinik melden. Die Kinder des Nachbarn haben mich erwartet. Konnte mich blutend ohne Schneidezähne in die Wohnung retten. Der Hersteller hat angerufen und auf die Mailbox gesprochen. Sie haben ein furzendes Geräusch imitiert, dann aufgelegt. An meinem Esstisch sitzt ein Typ mit Eisenmaske, Dracula und Frankenstein… und eine zwei Meter große Schoko Micky Maus.

Ein Meer aus Farben

Wenn ich morgens aufwache oder eher in den „Schaun wa mal was passiert" Modus wechsel, reagieren die Organe meines Körpers recht unterschiedlich, das habe ich festgestellt und zu wissenschaftlichen Studien auch mit Kamera und Ton festgehalten.

Meist steht ja sowieso der Körper vor dem Verstand auf. Und im Grunde jeden Morgen ist es der gleiche Körperteil, der sich einbildet, in der Nacht zur Armee gekommen zu sein um nun beim Morgenapell in der ersten Reihe stramm stehen zu müssen und sich nicht zu bewegen. Frauen haben dieses Problem nicht, das soll aber gar nicht Thema sein.

Damit der Geist langsam dem, was sich am Morgen Körper schimpft und durch die Wohnung schlurft und stolpert, nachkommen kann, hat der Mensch eine Art Routine entwickelt. Alle Organe dürfen unterschiedlich schnell reagieren, damit der Frühsport nicht zum Frühmord wird.

Das sich die Katze in der Nacht oder sagen wir besser, vor wenigen Minuten erbrochen hat, registrieren die Füße meist als erstes. Die Warnung „Ey Achtung! Da ist Katzenkotze am Boden, bin grad reingelatscht" kommt irgendwie noch nicht durch die Nervenbahnen durch, weil ein „Moment bitte. Der Schlafmodus ist noch nicht beendet." Synapsen Nachtwächter den Reizimpuls zurückhält.

Was wiederrum bedeutet, dass der zweite Fuß noch gar keine Ahnung hat, was dem ersten Fuß da gerade passiert ist und mit einem „Platsch" auch reintritt.

Die Nervenbahnen haben nun aber endlich die erste Warnung registriert, geben ein „Okay, wir sagens weiter" zurück und der erste Fuß erhält fälschlicherweise das Signal

„Halt!" wegen des eben erwähnten Synapsen Nachtwächters.

So steht man nun also da, beide Füße sind warm und nass und das Gehirn teilt sich damit folgende Aufgaben:

1. Dem zweiten Fuß zu signalisieren: „Auch stehenbleiben bitte." während dieser bereits einen weiteren Schritt nach vorn gemacht hat und der Rest des Körpers seltsam verdreht aussieht, vom Gleichgewichtssinn, der morgens noch später aufwacht als alles andere, ganz zu schweigen

2. Den Augen zu sagen: „Jungs, jetzt macht mal die Lider auf und seht nach unten", was diese auch folgsam tun und sich in einem Sekundenbruchteil nach Erblicken des Katzensekrets angewidert zur Decke winden

3. Sich selbst genau in diesem Moment zu fragen: „Sag mal, steh ich grad in Katzenkotze?", die Frage mit einem „Ach Du Scheiße, ja." zu beantworten und dem Sprachzentrum ein dahingemurmeltes „Boa Ey" zu entlocken

Das man immer noch nicht wirklich wach ist, interessiert in diesem Moment niemanden mehr, denn der Panikmodus ergreift die Initiative und befiehlt: „Hüpfend zur Badewanne, aber zack, zack! Füße waschen, ist ja eklig!"

Der Gleichgewichtssinn murmelt ein verschlafenes „Was?", verweigert sich dem Befehl und lässt den Rest des Körpers hilflos zappelnd zurück, weil jetzt alles in Aufruhr gerät.

Die Harnblase ist bereits erwacht und möchte sich gern entleeren, was aber wiederrum in krassem Gegensatz zum Reinlichkeitsempfinden steht, welches sich lieber erst die Füße waschen möchte.

Ich selber bekomme das noch gar nicht mit und lasse das

Innere meines Körpers im Chaos wüten. Könnte es eh nicht ändern.

Aus dem Kleinhirn wird ein genervtes „Jetzt geht das schon wieder los" in den Körper geschleudert, was aber niemanden interessiert. Die Augen brüllen „Ich seh nix", das Kleinhirn gibt ein überhebliches „Wie wär's mit dem Lichtschalter?" zurück und die Füße verteilen derweil den Brei aus Verdautem und Unverdautem munter weiter im Flur.

Auch der Darm ist nun erwacht und ermahnt den Rest meiner Innereien zu dringendem Schüsselgang, außer es soll sich das Feline Mett mit ausgeprägtem Flatterschiss mischen.

Rechter Arm und Hand sehen sich nun gezwungen etwas zu tun, stürzen sich heldenhaft auf den Lichtschalter und im gleichen Augenblick lässt die nun aufflammende Supernova sprich Lampe die Augen erblinden und diese lassen ein wütendes „Seid Ihr bescheuert?" durch die menschliche Hülle hallen.

Die Nase macht im gleichen Augenblick dem Darm böse Vorwürfe, weil dieser, zur Unterstreichung seiner dringenderen Ambitionen, ein bisschen Dampf ablässt, was dieser mit einem lapidaren „Ich sachs ja nur" kommentiert.

Der Orientierungssinn erklärt sich mit dem Gleichgewichtssinn solidarisch und denkt gar nicht daran, klare Anweisungen zu geben oder sich in irgendeiner Form an irgendetwas zu beteiligen und überlässt den Rest meines Körpers seinem Schicksal.

Der linke Arm fühlt sich benachteiligt, möchte auch etwas tun und greift nach den Füßen, weil irgendwo noch der Waschbefehl nachhallt, was allerdings in der momentanen

Situation recht sinnlos ist und nur dazu führt, dass diese sich erschrecken und in wilder Panik davonzulaufen versuchen.

Allerdings hat sich der linke Fuß dazu entschlossen, nicht der Spielball des rechten zu sein und versucht, sich in die andere Richtung aufzumachen.

Dank der Lethargie von Gleichgewicht und Orientierung führt das zu einem einzigen, unausweichlichen Ende:

Mein Gehirn, oder dass, als was ich es bezeichne, lässt mich vollends erwachen und ich sehe ein Meer aus Farben, weil mein rechter Zeh gegen die Kante der Badezimmertür geknallt ist, durch die eben schon erwähnte Hirnverbrannte Idee von Fuß, Gleichgewicht und Orientierung.

Der aufkommende Schmerz ruft meine Organe und Sinne zur Ordnung. Der Wächter der Synapsen hat die Neutronensperre aufgelöst und mit der plötzlich eintretenden Körperruhe und dem freigegebenen Tempolimit auf den Nervenbahnen, treffen mich die Impulse und entladen sich in einem gellenden Schrei, während mich der Kater mit einem „Nu hab Dich nich so und fütter mich!" Blick mitleidig ansieht.

Guten Morgen!

Der poetische oder lyrische Teil

Texte, Gedichte und etwas, was man nicht begreifen kann

In diesem Teil des Buches kommen von mir entworfene Gedichte, Reime, Verse und Gedanken zu Wort. Diese habe ich zum Teil schon auf Facebook veröffentlicht oder auch auf der Bühne das ein oder andere Mal gelesen.

Gemeinsam haben diese Gedankenausbrüche aber eins: Sie kommen aus mir heraus und haben immer irgendwie, irgendwo etwas mit mir und meinem Leben zu tun.

In der ein oder anderen Weise.

Manche sind recht schwermütig, wenn man sie sich als Einzelheit betrachtet und sind sicher auch in einer Zeit entstanden, als diese auch genau so klingen sollten. Andere wiederrum sind Songtexte, die es nie zu einer Musik geschafft haben.

Im Gegensatz zu den Geschichten & (Un)Sinn werde ich hier keine Erklärung zu den einzelnen Texten geben, denn ich finde, dass in diesem Abschnitt die Texte für sich stehen sollten

Wie ist das mit Enttäuschungen?

Manche sagen: Du musst sie akzeptieren.

Was aber, wenn sich die Enttäuschungen im Leben häufen? Was soll man tun?

Mache sagen: Lerne daraus und werde besser!

Was aber, wenn man im Grunde schon besser ist und nur keine Chance bekommt?

Was bewirken Worte die dir sagen: „Du bist gut!" und du bekommst von der gleichen Person trotzdem keine echte Chance des Beweisens?

Ich kann mit diesen Dingen schlecht umgehen. Soll man denn immer eine „Gute Miene zum bösen Spiel" machen? Sollte man nicht auch einmal sagen können: „Das enttäuscht mich jetzt aber."

Oft enttäuschen mich auch Dinge, die nicht mich persönlich betreffen. Dann bin ich enttäuscht für einen Freund. Enttäuscht darüber, dass auch dieser keine Chance erhält.

Man kann doch etwas. Man arbeitet doch an sich und verbessert sich Tag ein und aus.

Ich verstehe es nicht und ich weiß nicht, wie ich reagieren soll.

Oft sage ich: „Kein Problem." Und nach etwas nachdenken erkenne ich: Doch, es ist ein Problem.

Man kann doch nicht immer etwas Eigenes schaffen, um zu zeigen, wer man und was man zu leisten im Stande ist.

Enttäuschungen können oftmals sehr weh tun.

Ein tiefes Meer

Ich fahre auf dem Schiff des Lebens. Durch Strömungen und Wellentäler. Die Brandung im Herzen, den Sturm im Gesicht.

Am Horizont ein Licht zu sehen, zu weit weg um anzulegen. Land gesehen, Land verloren. Und nun im Strom der Gischt.

Der Klabautermann spielt böse Streiche, der Fährmann sich dem Ufer nähert.

Ohne mich zu beachten fährt er vorbei, grüßt nicht, sagt nichts, lässt mich einfach nur stehen.

Kein Bewegen, kein Sterben, kein Leben, keine Starre.

Eine Leere aus der Tiefe des Meeres. Kein Blau, kein Türkis. Schwarz wie die Nacht empfängt mich der Bote Hoffnungslosigkeit und zieht mich herab in ein nasses Grab.

Der Glaube verloren, die Zeit vergessen. Verdrossen, verdammt bis in die Ewigkeit.

Das Schiff geborsten, der Bug zerstört. Trümmer und Planken. Den Rest sieht man nicht mehr.

Hatte nicht gesucht, gefunden ja, gehalten nein.

Viele fahren mit, bleiben nie lange, gibt mich frei, hält mich doch. Gefangen.

Von Sternen

Sterne
Weit entfernt, für manche nah
Wünsche im Herzen
Geben sie frei

Sterne
Leuchten für alle
Mal heller, mal dunkler
Werden nicht müde zu strahlen

Sterne
Geben dir Wärme,
geben dir Zuversicht
denn sie erlöschen so schnell nicht

Sterne
Komm du Stern
Leuchte auch für mich
Ich finde meinen Weg sonst nicht

Zwei Herzen

Herz hab acht,
lass Zeit verstreichen
stell nicht zu früh für dich die Weichen

Herz hab acht
investier nicht zu viel Gefühl
es kann auch sein, es wird wieder kühl

Du gabst zu viel,
ja, hast auch etwas bekommen,
nur dein Blick war im Rausch
verschwommen

Du gabst Zeit,
hast gewartet,
hast Du denn wirklich zuviel erwartet?

Herz hab acht,
gib Dich nicht frei,
das andre ist doch gar nicht dabei

Es blieb aus,
das kleine Wunder,
obwohl Du selbst doch branntest wie Zunder

Das zweite Herz,
es hat gefehlt
denn irgendwann hat es Dich gequält

Es kam so,
wie es kommen musste,
am Ende blieben Dir nur mehr die Verluste

Das zweite Herz,
das tröstet sich
an andren Herzen, ohne Dich

Herz hab acht
und sieh nach vorn.
Denn ich zog selbst aus dir den Dorn

Herz hab acht
lass uns in die Zukunft schau'n
denn die zwei Herzen,
warn nur ein Traum.

Blind sein

„Blind zu sein, muss schwierig sein,"
sag ich zu dir, doch du sagst: „Nein,
denn ich erfühle mein Leben,
kannst du das auch?"

Erkennen

Fragst Du Dich manchmal
über Dich selbst aus?

Fragst Du Dich manchmal
wies Dir geht?

Oder gehst Du an Dir vorbei
ohne Dich zu erkennen?

Freundschaft

Ohne Freunde
        fehlt Dir was im Leben

Ohne Freunde
        stehst Du immer nur daneben

Ohne Freunde
        bist Du allein

Oh, wie schön
        kann Freundschaft sein

Regen

Regennass und tief verhangen,
so sagt der Tag mir: „Guten Morgen."

Gräser freuen sich, die Bäume, Blumen
Sollte ich mich nicht auch über den Regen freuen?

Wolken

Wolken malen Bilder

Wolken ziehen vorbei ohne Pausen

Wolken sind mal dunkel, mal hell

Wolken kommen immer wieder

Wolken sind nicht gut oder böse

Wolken muss man lesen

Frag Dich

Frag Dich, ob Du jemandem
    etwas Gutes tun kannst

Frag Dich, ob Du jemandem
    helfen kannst

Frag Dich, ob Du jemandem
    verzeihen sollst

Aber vergiss nicht,
    Dich selbst zu fragen

Ich sag

Ich liebe Dich, sag ich
    doch zeigen kann ichs nicht.

Ich bin für Dich da, sag ich,
    doch suchst Du mich, dann fehle ich.

Ich helfe Dir, sag ich,
    doch wirklich helfen kann ich nicht.

Ich brauche Dich, sag ich,
    doch gebraucht hast Du mich.

Wenn Du meine Mutter bist

Wenn Du meine Mutter bist,
    warum hast Du mich allein gelassen?

Wenn Du meine Mutter bist,
    habe ich Dir nie gefehlt?

Wenn Du meine Mutter bist,
    gab ich Dir einen Grund mich zu hassen?

Wenn Du meine Mutter bist,
    habe ich denn nie gezählt?

Wenn Du meine Mutter bist,
    nein, Du hast mich nie umarmt.

Wenn Du meine Mutter bist,
    hast Du mich nie geliebt?

Wenn Du meine Mutter bist,
    fühltest Du nie, mein Herz verarmt?

Wenn Du meine Mutter bist,
  hattest Du nie Angst, mich zu verlier'n?

Wenn Du meine Mutter bist,
  beantworte mir die Fragen.

Der Blog
Texte, die ich schon im Blog geschrieben habe

*Jetzt kommen die kleinen Dinge zum Abschluss. Einfach nur Geschriebe-
nes und Veröffentlichtes. Ohne Anmerkungen, ohne Sinn... ja doch, schon...
manchmal auch mit Sinn*

Ein kleines Gedicht zur Weihnachtszeit

Feine Gerüche,
erfüllen meine Küche,

die Gans im Ofen schmort,
ich hab' sie nicht erschnorrt.

Ich weiß, der Reim,
soll bleiben daheim,

er muss aber raus,
auch wenn's Euch ist ein Graus.

Hell und Dunkel

Mein Smartphone hat schon ne tolle Einstellung: Es reguliert automatisch die Anzeigenhelligkeit. Klasse.

Nur eins irritiert mich: Wenn ich Licht habe und genug sehe, bleibt die Anzeige hell. Ist es dunkler, sollte man annehmen, die Anzeige wird heller… Pustekuchen!

Ist es dunkel, wird auch die Anzeige dunkler. Vielleicht trainiert das ja die Augen, wer weiß.

Altmodisch

Ich glaube, ich bin etwas altmodisch. Fahre im Reisebus und nutze das „kostenlose Entertainment Angebot mit Musik, Filmen und Serien" nicht (ich hab meine Kopfhörer vergessen, ausserdem hab ich etwas Angst, das gleich der Joker in den Bus springt und mich fragt: „Why so serious?"), tippe nicht wild auf dem Smartphone herum (ja gut, im Moment schon) und ich schlafe auch nicht (wollte ja, aber die anderen Fahrgäste wecken mich dauernd, weil ich schnarche). Ich sehe aus dem Fenster und schaue mir die Landschaft an. Wie früher. Ach, ich bin altmodisch.

Leipzig

Ich befinde mich gerade in Leipzig und warte auf meinen Fernbus nach Berlin. Ein riesiger Käfer wollte auf mir landen für einen Zwischenstopp. Auch mehrmaliges „Die Landebahn ist nicht frei!" hielten ihn von einem direkten Zusteuern auf mein T-Shirt nicht ab. Was tut man also?

Man kloppt ihm einen vor die Mütze!

Das hielt ihn dann dazu an, das Vorhaben aufzugeben und eine andere Landebahn anzusteuern.

Gut… für manche mögen zwei Zentimeter Riesenkäfer nicht groß sein, aber die denken auch, 20 Zentimeter wären… lassen wir das. In einem Jugoslawien Urlaub (heutzutage wäre es Kroatien) kam mir auch mal ein Riesenkäfer entgegen. 10 cm mindestens. Dem konnte man mehrmals ein auf die Mütze geben und es störte ihn nicht im Geringsten. Erst ein Tennisssschläger gab ihm einen hübschen Drall.

Interessanterweise gibt es auch in Leipzig die „Liebesschlösser", die gern an Brückengeländern angebracht werden und das ewige Band der Verbundenheit symbolisieren sollen. Das allerdings habe ich noch nicht gesehen.

Lieber Lutz, lieber Rainer. Solltet Ihr das hier lesen, dann meldet Euch doch mal bei mir und Ihr bekommt zwei Freikarten. Und zwar für ein Live-Hörspiel der DreamTeamer Hörspieler. Aber nur, wenn das Schloss noch gültig ist.

Also… wenn Ihr noch zusammen seid.

Ey was guckst Du?

Das man heutzutage öfter mal auf Idioten trifft, die einen nur wegen eines Blickes anpöbeln, das ist leider so.

Nun hat sich das wohl auf die Tierwelt übertragen.

Ich gehe auf dem Fußweg, vor mir hüpft eine Krähe herum. Sie fühlt sich wohl verfolgt und verzieht sich unter ein Auto. Freundlich sage ich noch: „Sorry."

Nach etwa zwei Metern bekomme ich plötzlich einen Schlag auf den Kopf und sehe die Krähe sich keckernd davonmachen. Fliegend. Zu hoch, um noch zu reagieren.

Mein ihr hinterher gerufenes „Ey Du Arsch! Ich hab' Sorry gesagt!" lässt die umstehenden Passanten an meinem Geisteszustand zweifeln.

Die Krähe sitzt inzwischen auf einem Hausdach und wirft mir keckernd Beleidigungen und Beschimpfungen zu.

„Du Feigling!", rufe ich noch und erkenne bei meinem letzten Satz: „Komm her und kämpfe, wie ein Mann… eine Krähe!", dass ich mich in einem sinnlosen Streitgespräch befinde.

Vielleicht war's ja auch nur eine falsch berechnete Startroute des Mistvogels. Aber irgendwie glaube ich an einen berechneten Angriff.

„Denk an Alfred Hitchcock! Du kennst den Film. Du bist der Erste!" keckert mir die Krähe noch nach, als ich lieber klein beigebe und zur S-Bahn gehe.

A trumppet for democrazy

Eine englischsprachige Überschrift? Ja, sonst kriege ich den kleinen Gag nicht hin. Eine Überschrift zum Rätseln.

Mein guter Freund Klaus (ja, der mit der bekloppten Idee des Speeddating) meinte heute Morgen am Telefon: „Alter. Dit is was, wa?"

Da ich ihn kenne, nehme ich an, dass er mir wieder einmal die Konsistenz und genauen Maße seines morgendlichen Stuhlgangs mitteilen wollte, im übrigen eine von mir nicht unbedingt mit Wohlwollen aufgenommene Eigenart, doch mitnichten: „Ey die Wahl da Alter."

Um 7:15 ist meine morgendliche Aufnahmebereitschaft nicht allzu hoch. „Was? Wer?" frage ich und beisse mir gleichzeitig auf die Lippe, das war ein Fehler, den Klaus auch sofort ausnutzt: „Alter, Dich interessiert dit wahrscheinlich janich, wa? Immer dit gleiche mit die Künstler."

7:17 Uhr. So früh am Morgen plane ich selten Mordanschläge, mache aber heute eine Ausnahme.

„Ich bin grad erst wach…" lalle ich schlaftrunken, werde aber sofort unterbrochen: „Trink ma n Kaffe, solange Du noch kannst. Die Welt jeht unter, wirste sehen."

Die Welt hatte schon vor 49 Jahren seinen Tiefpunkt erreicht. Da wurde Klaus geboren. „Okay, Okay, also hat wohl Trump gewonnen?"

„Ick gloob es nich. Der feine Herr Künstler. Immer sonstwo mit die Oochen, aber dat wirklich wichtiche vapassta."

Mein Anschlagsplan nimmt sehr konkrete Formen an und ich bin mittlerweile dabei, ihn zu perfektionieren.

„Weeste wat? Dass die Clinton da nich jewonnen hat, dit is ja nich das schlimmste."

Klaus lässt eine Pause. Das kenne ich. Jetzt erwartet er eine Reaktion meinerseits, nur um mich nach den ersten zwei Wörtern zu unterbrechen. Ich mache dieses Spielchen nicht mehr mit. Er ist zu berechenbar. Nicht mit mir.

„Ja, aber…" antworte ich und gehe wissentlich, sehenden Auges in die von mir bereits erkannte Falle.

„Jahaaa… warum haben die och nich den Hocke oder Storchi jewählt?"

„Was bitte? Wen?"

„Ja Mensch Alter. Hast Du die nicht ooch jewählt? Du wohnst doch da im blauen Jebiet."

Worum es Klaus gerade geht, ist mir völlig schleierhaft. US Wahl oder Deutschland oder Brexit? Ja was denn nun? Auf jeden Fall hat mein Gehirn nun urplötzlich seine Aktivitäten begonnen und ich kann fundiert antworten:

„Sag mal, wie soll man denn den Höcke oder die von Storch in den USA wählen? Das sind nicht nur unterschiedliche Länder, sondern sogar unterschiedliche Kontinente! Klar, der Trump ist schon irgendwo ein Vollhonk. Ich würde mich eher fragen, warum solche Typen an die Macht kommen können. Und was in den Köpfen der Menschen vorgeht, die diese Leute wählt. Auch muss man sich fragen, was andere Parteien besser machen sollten, damit man nicht Protest wählt. Geld gerechter verteilen, Bildung fördern. Den sozial schwachen nicht noch mehr Steine in den Weg legen. Da ist Land und Kontinent völlig egal. Das passt überall."

Bevor ich ihm Gelegenheit zum Antworten lasse, fällt mir eine Frage aber noch ein: "Und wieso nennst Du die bitte Storchi?"

Am anderen Ende herrscht Stille. Kurz überlege ich, ob mein Anschlagsplan viral ausgeführt wurde und Klaus sich in seine Atome zersetzt in einer Badewanne befindet, aber dann kommt die Antwort: „Ne, dit vasteh ick nich."

War klar.

„Na jut Alter, die Pilsstube macht gleich oof. Dann müssen wa wohl abwarten, wa? Bis später." sagt Klaus und legt auf.

7:20 Uhr und Facebook quillt schon über. Trump, Election Day, Bad Day, End of the world.

In einem gebe ich ihm Recht. Müssen wa wohl abwarten

Der Abschluss
Songtexte aus meinem Programm

Alles hat einmal ein Ende… also fast alles… und daher auch dieses Buch. Und zum wirklichen Abschluss, weil ich ja schon ein Kapitel vorher was von einem Abschluss schrieb: Hier drei Texte zu zwei sehr bekannten Melodien und eines zu einem Lied, welches ich dann auch nicht nur selbst gesungen (im Rahmen von „Kein Lied für Germany") sondern auch komponiert habe…

Du hast Dich tausendmal verbohren

(Gesungen zu „Du hast mich tausendmal belogen" von Andrea Berg)

Ich hätt so gern ein schönes Bild aufgehängt
habs Dir nicht gesagt, Dich nicht gedrängt
Doch schon nimmst Du den Bohrer zur Hand
Ich seh schon das Riesenloch in der Wand

Du hast Dich tausendmal verbohren
Du hast Dich tausendmal verschätzt
Ich wär mit Dir so hoch geflogen
hättst Du die Stromleitung zerfetzt

Jetzt ist die Wand total voll Löcher
Man kann sie sehen egal was ist
Dabei wollt ich doch nur ein Bild
Weiter nichts

Du sagt das kriegen wir wieder hin
Mit etwas Spachtel macht das Sinn
Jetzt sieht der Teppich wie Asphalt aus
Und du sagt „Bitte schön" und gehst nach Haus (Na Danke)

Du hast Dich tausendmal verbohren
Du hast Dich tausendmal verschätzt
Ich wär mit Dir so hoch geflogen
hättst Du die Stromleitung zerfetzt

Wie krieg ich das nur wieder sauber?
Ich glaub ich reiß den Teppich raus
Hab ich mal wieder was zu tun
dann ohne Klaus

Ich nehm den Bohrer und werf ihn nach Dir
bei deinem Bohren werd ich zum Tier

Du hast Dich tausendmal verbohren
Du hast Dich tausendmal verschätzt
Ich wär mit Dir so hoch geflogen
hättst Du die Stromleitung zerfetzt

Jetzt ist die Wand total voll Löcher
Man kann sie sehen egal was ist
Dabei wollt ich doch nur ein Bild
Weiter nichts

Du hast Dich tausendmal verbohren
Du hast Dich tausendmal verschätzt
Ich wär mit Dir so hoch geflogen
hättst Du die Stromleitung zerfetzt

Wie krieg ich das nur wieder sauber?
Ich glaub ich reiß den Teppich raus
Hab ich mal wieder was zu tun
dann ohne Klaus

Rotzevoll

(Gesungen zu „Atemlos" von Helene Fischer)

Ich ziehe durch die Straßen und die
Clubs dieser Stadt
Hab mich schick angezogen
und auch fein gemacht (oho oho)

Ich stehe vor dem ersten Club
und komm nicht hinein
hab dem Türsteher gesagt er wär
ein ganz dummes Schwein (oh oh, oh oh)

Dafür haut er mir aufs Maul
Ja da war der Typ nicht faul
Und jetzt lieg ich hier im Dreck
Und ich will nur weg

Rotzevoll in der Nacht
Wer hat mich nach Haus gebracht
Rotzevoll, Hackedicht
Ich verlier das Gleichgewicht

Rotzevoll in der Nacht
Wer hat mich nach Haus gebracht
Rotzevoll, Hackedicht
Ich verlier das Gleichgewicht

Ich kann nichts mehr sehen und
kann auch nicht mehr stehen
Ich weiß nicht einmal mehr wie ich heiß
In irgendeiner Ecke
bleibe ich dann liegen
Ich merk eh nichts mehr na so ein Scheiß

Ich torkel einfach weiter
mir ist alles egal
jeder neue Drink wird langsam
zu einer Qual (oho oho)

Den Döner lass ich fallen
ess ihn trotzdem noch auf
bevor ich mit dem nächsten Bier
mich weiter besauf (oh oh, oh oh)

Ich such mir jetzt eine Frau
und hoff die ist genauso blau
Doch ich komm nicht mehr in Fahrt
Bei mir wird nichts mehr.. geh'n

Rotzevoll…

Tausend Mal
(Gesungen zu „Tausendmal" von Andy S.)

Ich weiß nicht mehr, wann es begonnen hat
ich weiß nur, es ist aus.
Jetzt steh ich hier mit nem gepacktem Koffer
und ich schmeiß dich bei mir raus.

Wir hatten uns doch mal geschwor'n
wir lieben uns für immer
doch Helene, die kam uns dazwischen
dieses fiese Frauenzimmer

Einmal ging noch, zweimal auch
doch es nahm überhaupt kein Ende
und Baywatch David, der kam nicht vorbei
darum gab's auch keine Wende

Ich hab Dir tausend mal gesagt
dass ich das nicht hören will

Du hast mir tausend Mal gesagt
Ach bitte jetzt sei doch still

Tausend Mal legst Du immer wieder
deinen Lieblingsschlager auf
Und auf meine gequälten Ohren
ja da scheißt Du drauf

Immer wieder habe ich gehofft,
gebetet und gebangt
doch das Wörtchen Atemlos
hat sich in mein Gehör gebrannt

Dauerschleife, gnadenlos
es gab kein Entrinnen
und die Nachbarn dachten schon
dass wir beide spinnen

Sie ist gemein, ich hass sie
wie ich Dich vorher geliebt

Und jetzt weiß ich ganz genau
dass es einen Schlagerteufel gibt

Ich hab Dir tausend mal gesagt
dass ich das nicht hören will

Du hast mir tausend Mal gesagt
Ach bitte jetzt sei doch still

Tausend Mal legst Du immer wieder
deinen Lieblingsschlager auf
Und auf meine gequälten Ohren
ja da scheißt Du drauf

Herzlichen Glückwunsch

Nein, das meine ich ganz ernst. Herzlichen Glückwunsch. Du hast das ganze Buch durchgehalten und alles gelesen. Danke.

Oder hast Du von der ersten schnell auf die letzte Seite geblättert? Dann auch einen herzlichen Glückwunsch. Du hast es geschafft und bist den Ergüssen meines Hirns entkommen.

In jedem Fall: Das ist das Ende dieses Buchs.

Ja, wirklich. Hier kommt nichts mehr.

Stimmt nicht, es kommt noch die letzte Seite. Also der Buchrücken.

Aber dann sage ich nur noch

„Abschalten!" (Danke Peter) oder auch „Zuklappen!"

... je nachdem, ob Du wirklich ne Printausgabe so oldschoolmäßig in der Hand hälst oder voll cool mit Kindel liest (Gott, der war noch mal so richtig schlecht am Ende)